文庫ぎんが堂

怖すぎる都市伝説

松山ひろし

イースト・プレス

プロローグ　カシマさん

世の中には〝知ってはならない〟話がある。

しかし、こういった話は事故と同じようなもので、いつ耳に飛び込んでくるかわからない。ある女子高生が「カシマさん」の話を知ってしまったのも、まったくの偶然からであった。

ある日の夕方、彼女は高校からの帰り道を友人と一緒に歩いていた。

ところが、その日はなぜか友人の表情が暗く、なにやら浮かない様子である。

「どうしたの？　今日はなんだか、元気がないみたいね」

「うん、別にたいしたことじゃないんだけど、ちょっと嫌な話を聞いてしまったから」

「嫌な話？　どんな話なの？　教えてよ」

「うーん、聞かないほうがいいと思うよ。すごく怖い話なの」

「あ、嫌な話って、もしかしたら怪談とか？　私、そういう話大好きなの。いいから教えてよ」

無邪気に話をうながす彼女に向かい、友人は渋々と自分の聞いた〝嫌な話〟を語りだした。

「あのね、これは『カシマさん』の話なの」

「カシマさん？　誰かの名前？」

「うん。カシマさんていうのは、若くてきれいな女の人だったの。でも、カシマさんはある雨の強い日に、事故にあって死んでしまったのよ。

視界不良の中をすごい速さで突っ込んできた車に轢《ひ》かれて……。衝突の衝撃でカシマさんの体はバラバラになって、腕とか内臓とかも道路一面に散らばってしまったんだって。

その後、警官たちがカシマさんの体を拾い集めたんだけど、なぜかどうしても右足だけが見つからなくって、捜査はそのまま打ち切られてしまったの。

でもね、カシマさんは失くした自分の右足をあきらめてはいなかった。

カシマさんは一瞬で死んでしまったので、まだ自分が死んだことに気づいていないの。だから、カシマさんは、今でも自分の足を捜《さが》して、この世をさ迷っているんだって」

ここで友人はひと呼吸を入れた。

少女はそれまで黙って聞いていたのだが、どうもそんなに怖い話であるとは思えない。ちょっと期待はずれだったかな。そんなことを考えはじめた彼女に向かい、友人は彼女が震えあがるような一言を付け加えた。

「それでね、カシマさんは自分の足を見つけるために、自分の事故のことを知ってしまった人のところをたずねて回っているの。私もカシマさんのことを知ってしまった人のうちに入るのよ。だから、もしかしたらそのうち私のところにもカシマさんがやってくるかもしれないって……。馬鹿げているとは思うんだけど、それで不安だったのよ」

友人からこの話を聞いてしまった日の夜、少女はベッドの中でおびえていた。

もしかしたら自分も、カシマさんを知ってしまった一人に入るのだろうか？

もちろん、カシマさんがやってくると本気で信じたわけではない。だが、それでもやはり夜の暗闇は、彼女に自分の足を捜し続ける呪われた女の姿を想像させる。

しかし、そんな彼女の不安は実現することもなく、その日は過ぎていった。

その翌日も、そのまた翌日も、やはりカシマさんは姿を現そうとはしない。

やがて時がたつにつれ、彼女はカシマさんのことをだんだんと忘れていった。

ところが、彼女がカシマさんの話を知ってから一年あまりが経過したあとの、あるひどい雨の夜のことだ。

ベッドで眠っていた彼女は、なにか部屋の中で物音がしたような気がして目を覚ました。

いったいなんの音だろう?

不思議に思って起きあがった彼女の目に、暗闇の中に片足で立つ髪の長い女のシルエットが飛び込んできた。

「わたしの……足はドコ?」

女は恐怖におびえる彼女を無表情に見下ろすと、鋭い目でにらみつけながら、こう質問をしてきた。しかし、そんなことを聞かれても彼女には答えがわからない。

「わたしの……足はドコ?」

片足の女は、再び同じ質問を繰り返す。

それでも彼女が黙って震えているばかりなのを見ると、女は突然両腕を伸ばして彼女の右足をつかみ、すさまじい力で付け根からねじ切り、そのまま彼女の足を持ち去ってしまった。

カシマさんは今でも自分の足を捜《さが》し続けている。

この話を知ってしまった人のもとを回りながら。

＊＊＊

話を聞いた人に伝染していく特殊な怪談……それが「カシマさん」です。

カシマさんの正体は話によってバラバラで、事故で足を失ったために絶望して自殺したバレリーナであるとか、踏切事故で上半身と下半身を真っ二つに切断された女性であるとか、あるいは旧日本軍の軍服をまとった片足のない兵士であるなどともいわれており、女性型の場合は「カシマレイコ」というフルネームで呼ばれることもありますが、ほとんどの話でカシマさんは片足、もしくは両足がないとされています。

カシマさんを追い払うには、質問に正しく答えるか、正しい呪文を唱えるかしなければいけませんが、質問の答えや呪文の内容はさまざまで、話によってころころと変わるいいかげんなものです。これはカシマさんの伝説が広まる過程で、さまざまな人が思い思いに話に手を加えていったためなのでしょう。

ところで、この「カシマさん」という存在は、一言でいえば現代に生息する妖怪ということになります。妖怪というと、はるか昔の存在というイメージがあるかもしれませんが、そんなことはありません。

妖怪たちは、かつて民話の中で活躍した登場人物たちでした。同じように、現代の民話である都市伝説の中では、カシマさんや壁女といった現代妖怪たちが跳梁跋扈《ちょうりょうばっこ》しているのです。

また、都市伝説の中で活躍するのは、このような妖怪だけではありません。かつての民話がそうであったように、都市伝説の種類もまたじつに豊富です。都市伝説には恐ろしい犯罪者たちが登場する少し毛色の変わった怖い話もありますし、笑い話も存在しています。

そして、こういった話のいずれにも共通していることは、それが人々の興味をひきつける魅力的な物語であるという点です。都市伝説は市井《しせい》のごく普通の人々によって語り広められていきます。もしそれがつまらない話であれば、聞いた人の記憶に残ることもなく、次の人に伝えられぬまま消えていくしかありません。

都市伝説は、こういった厳しい〝審査〟に生き残ってきた話たちばかりなわけですから、それが魅力的であるのは当然のことといえるでしょう。

本書は、豊かな都市伝説の世界の一部をみな様にお伝えします。

ここは現代妖怪が暴れまわり、恐ろしい犯罪者がそこかしこに潜み、おかしな出来事が次々と起こる異界です。

しかし、それはとても奇妙な魅力に満ちた異界でもあります。どうか最後のページまで、この〝日常のすぐ隣に存在する異界〟を楽しんでいただければ幸いです。

もくじ

怖すぎる都市伝説

第1部　真夜中の怪談

第2部 怖い伝説

第3部 不気味な話

第4部 奇怪な噂

第1部

真夜中の怪談

第1夜 ゾンビ看護婦

仲のよい三人の子どもたちが、真夜中の学校に潜り込んで肝だめしをすることになった。

深夜の学校はさすがに不気味であったが、三人もいるとさすがに心強い。彼らは難なく学校を一回りした。

さて、そろそろ帰ろうかと思い、下駄箱に向かって廊下を歩きだしたときのことだ。

ガラガラ……、ガラガラ……、というなにかを転がすような音が、廊下の奥から聞こえてきた。

やがて暗闇の奥から三人のまえに現れたのは、メスなどの手術用の器具が置かれた台車を押す、ぼろぼろの白衣を着た看護婦だった。

顔はうつむいているのでよくわからないが、先生か誰かが扮装しているわけでもなさそうだ。

なぜこんなところに看護婦が？

不審に思い立ちすくむ三人。すると、その看護婦は不意に顔をあげ、三人のことを睨みつけてきた。

その顔はまるで鬼のような形相であった。

驚いた三人は学校の裏口へと向かい全力で駆けだした。しかし、看護婦も台車を押しながらものすごい速さで三人を追いかけてくる。

彼らのうち、二人までは無事に逃げ出すことができた。ところが、一人は途中で仲間とはぐれてしまい、廊下の奥へ奥へと看護婦に追い詰められてしまったのだ。

逃げ場を失った彼は、あわてて廊下の奥にあるトイレの中に逃げ込むと、いちばん奥の個室に入って中から鍵をかけ、息を殺した。

しばらくすると、廊下を台車の音が近づいてくる。そして、トイレのドアが開く音。トイレの中に入ってきた看護婦は、一番目の個室の扉を開けると低い声で「ここにはいない……」とつぶやいた。

そして二番目の個室の扉を開ける。

「ここにもいない……」

いよいよ少年が隠れている個室の番だ。台車を押す音が近づき、最初はゆっくりと扉が押される。そして鍵がかかっていることがわかると、次は激しく扉がゆすぶられる。

少年はあまりの恐怖で気が遠くなり、やがて意識を失ってしまった。

……どれくらいの時間がたったのであろうか。ふと少年が目を覚ますと、あたりは明るくなっていた。どうやらもう夜が明けてしまったようだ。

まだあの看護婦はいるのだろうか？

しかしいくら耳を澄《す》ましてみても、トイレの中からは物音一つしない。おそらく、あきらめていってしまったのだろう。安心した少年はトイレの個室から出ようと鍵を開けて扉をひいた。

しかし、扉はなぜか開かない。不思議に思った少年がふと上を見上げると……。

そこに見えたのは、外から扉を押さえつけ、彼を見下ろす昨夜の看護婦の、鬼のような形相であった。

この少年のその後については、誰も知らない。

解説

この話の類話には、丑の刻参り《こくまい》をしている女を目撃してしまった男が、公衆便所に逃げ込み、そこで一晩中上から女にのぞかれていたというものもあります。

また、看護婦だけあって深夜の病院に登場する類話もあるのですが、圧倒的に多いのはこの話のように深夜の学校に現れるというものです。学校になぜ看護婦がと、不思議な気もしますが、これはおそらく、こういった話を好む子どもたちにとっていちばん身近な舞台が学校だからなのでしょう。

明治時代の怪談にも、これとよく似た話があります。それは、神社に行く途中で天狗に会ってしまった男が、驚いて神社の便所に逃げ込み、ふと上を見上げると天狗が見下ろしていたというものです。

現在では天狗はあまり信じられていないため、謎の看護婦や丑の刻参りの女がその役割を受け継ぐようになったのかもしれません。

第2夜
海水浴場の老婆

数人の若者たちが夏休みを利用して海へ遊びに行った。

チェックインしたホテルで立ち聞きした話によると、このあたりの海は少し潮の流れが強いらしく、先日も泳いでいたお婆さんが一人行方不明になり、いまだに発見されていないのだという。しかし、若者たちはみな泳ぎに自信があったので、そんな話は気にも留めない。彼らは海岸に繰り出すと、次々と海に飛び込みはじめた。

ところが、夕方近くなってそろそろ引き上げようかというとき、彼らは仲間の数が一人少なくなっていることに気づいた。

いなくなったのは、元水泳部のキャプテンだった。

彼が溺れたとはとても思えない。きっと沖のほうまでいって泳いでいるのだろうと最初のうちは気にも留めなかったのだが、そのうちに日が傾き、あたりがうっすらと暗くなってしまい、彼らも段々と心配になってきた。

キャプテンのことだから大丈夫だとは思うのだが……万が一ということもある。やがて、日が完全に落ちても仲間が帰ってこなかったため、彼らは一応警察に連絡をし、ひとまずホテルへと引き上げていった。


その翌朝のことだ。

彼らの部屋に地元の警察から連絡が入った。海岸に身元不明の若者の遺体が引き上げられたので、確認に来てほしいという電話である。

彼らは泳ぎのうまいあのキャプテンが溺れるはずはないなどと思いながらも、不安な胸を抱えて病院へ身元の確認に出向いた。

警官たちに通された部屋には、なにやら不自然なほどに長い水死体が、ベッドに乗り切らなかったためか床に横たえられ、長いビニールシートを全身にすっぽりとかけられていた。

若者たちは恐る恐るビニールシートをめくり、水死体の顔を確認する。

……まちがいない、行方不明になったキャプテンだ。

顔を見合わせ、肩を落とす若者たち。だが、彼らの表情はシートをめくり終えた瞬間に、悲しみから恐怖へと変わった。

水死した若者の脚には、数日前に海で行方不明になったという白髪の老婆の死体がしっかりとしがみついていたのだ。

解説

この伝説では、この話のように老婆が行方不明になったのは何日も前であるとされていることが多いようです。これはおそらく、若者を引き込んだ老婆が、すでにこの世の存在ではなかったことを説明するためなのでしょう。

泳ぐものを溺れさせようと手ぐすねをひいている霊の話は他にもあり、例えば学校などのプールでは、第四コース（四が死を連想させるからなのか、なぜかどの学校でもだいたい第四コースです）を泳いでいると、以前に溺れ死んだ生徒の霊が足を引っ張ってくるというような話が全国的に存在しています。

夏の海やプールはもともと事故が多い場所なので、こういった話も生まれやすいのかもしれません。

第3夜 溺れた少年

ある少年が近所の池に友人と遊びに行った。

二人はしばらく池のほとりでふざけあっていたのだが、なにかの拍子で少年は友人を突き飛ばし、池に突き落としてしまった。

「助けてー、助けてー」

泳げない友人は必死になって助けを求めたのだが、怖くなった少年はそのまま友人を見捨て、逃げ出してしまった。

翌日、捜索に出た大人たちによって、友人の死体が引き上げられた。その日以来、少年はその池の近くを通らなくなった。

それから長い月日が流れた。少年は立派に成長し、一児の父となっていた。ある日のこと、帰りが遅くなった彼は近道をするためにそれまで避けていた例の池の側を通って家路についた。ところが、彼が池の近くを歩いていると、池の中から小さな子どもの声が響いてきたのだ。

「助けてー、助けてー」

聞きまちがいではない。声はたしかに聞こえる。きっとあのときの友人の霊がさまよい出てきたのだ。

「助けてー、助けてー」

「ごめんなさい、ごめんなさい」

彼は震えながらこうつぶやくと、耳を押さえてその場から駆け出し、家まで逃げ帰った。

「ただいま。今帰ったよ」

彼は呼吸を落ち着け、できるだけ平静を装いながら玄関をくぐった。すると、彼を迎え出た妻が、心配そうな顔でこういってきたのだ。

「あなた、うちの子を見ませんでした？　近所の池まで遊びに行ったきり、まだ帰ってきてないのよ」

解説

この話には主人公の子どもが同じ池に溺れたのをただの偶然とし、我が子を知らず知らずに見捨ててしまった後味の悪さに重点を置いたものと、子どもが同じ池に溺れたのを一種の呪いと解釈し、霊的な現象に重点を置いたものの二系統が存在しているようです。

この話の元ネタと思われるのは、小松左京氏が一九六四年に発表した「沼」というタイトルのショートショートです。「沼」では舞台となるのが「20数年ぶりの帰郷」になるという主人公の故郷、最後に沼で溺れるのが主人公の遠縁の親戚の子どもと細かい点で最近の伝説とはちがいがありますが、話の大筋はほぼ完全に一致しています。

他にも小松左京氏には、「牛の首」（拙著『怖すぎる話』参照）というこれまた都市伝説化している作品や、戦時中の牛女の流言を扱った「くだんのはは」という作品などもありますから、都市伝説とは縁の深い作家であるのかもしれません。

第4夜

青い宝石

ある若い女性が街を歩いていると、路上でアクセサリーを売る外国人の男に呼び止められた。

うながされるままに品物を眺めてみるが、並んでいるのは安っぽいイミテーションの品物ばかりである。

興味を失いそろそろ立ち去ろうかと思ったとき、ふと彼女の目に大きな青い宝石のついたペンダントが飛び込んできた。その宝石はどういうわけか、ぼんやりと淡く発光しているようにも見える。

彼女はアクセサリー売りの外国人にこの宝石はなんという石なのかを尋ねてみたが、彼は日本語がよくわからないのか、あるいはその宝石がなんであるのかを彼自身が知らないのか、なぜかはっきりとしない答えである。

しかし、それでも彼女は一目でこの珍しいペンダントを気に入ってしまっていた。値段を尋ねてみると、それほどは高くはない。彼女は鞄から財布を取り出すと、その場でこのペンダントを購入した。

それから毎日、彼女は出かけるときにはこのペンダントを身につけるようになった。友人たちはみな淡い色で輝くこの宝石を珍しがってくれる。これに彼女は気をよくし、ますますこのペンダントを気に入るようになっていった。

ところが、それからしばらくして、彼女はどうも体の調子が悪いように感じはじめた。

毎日気分が優れず、吐き気や頭痛も感じる。

最初はただの風邪かと思ったのだが、休養をとっても一向に体の調子はよくならず、それどころか日増しに症状は悪化していくばかりである。

そんなある日、彼女は痩《や》せ細った体を引きずってバスルームに向かい、シャワーを浴びていた。シャンプーをかけ、髪をすすいでいた彼女は、手になにか異様な違和感を感じた。目を開けて自分の手を見てみると、指のあいだには頭からごっそりと抜け落ちた大量の髪の毛が挟まっていたのだ。

その日の夜、彼女は救急車で病院へと運び込まれたのだが、このときにはもうすでに手遅れの状態で、治療の甲斐《かい》もなく数日のうちに息を引きとってしまった。

彼女の死因は、放射線障害である。ペンダントについていた青い宝石の正体は、放射性物質のウランだったのだ。

解説

類話には宝石を誰かからプレゼントされるという展開のものもありますが、いちばん基本的なパターンは、この話のように路上販売のアクセサリー屋から宝石を買い求めるというものです。

このアクセサリー屋がこんな危険な物質をどこで調達したのか、そしてウランと知った上で販売していたのかは不明で、このあたりにかなりの謎が残る話です。

ところで、放射性物質を知らないうちに身につけてしまうという事故は、一九七一年に千葉県で実際に起こっています。ある造船所の構内で、作業員が落ちていた鉛筆のような形状のものを拾い、好奇心から下宿へ持ち帰りました。ところが、それは非破壊検査に使用される、強力な放射線源であるイリジウムだったのです。その結果、彼と数人の下宿の仲間たちは被爆してしまいました。もしかしたら、青い宝石はこのような事故をベースに創作された話なのかもしれません。

第5夜 飛び降りた女

ある男が、旅行先のホテルで、窓から見える美しい夜景をカメラで撮影していた。

男が何度目かのシャッターを切ろうとした瞬間、不意に目の前をなにか白いものが落ちていった。

なんだろう？　一瞬不思議に思ったが、男は気にせず夜景を撮り続けた。

ところが、しばらくするとホテルの下に救急車やパトカーのサイレンが集まってくる。どうやら誰かがホテルの上から飛び降りたらしい。

男はぞっとした。もしかすると、さっきの白い影は飛び降りた見知らぬ誰かで、その姿をカメラに収めてしまったかもしれないと思ったからだ。

それからしばらくして、男は例の写真を現像に出した。彼の予想どおり、そこには窓の外を死へと向かって落下していく若い女性の姿が写っている。

だが、彼をなによりも驚かせたのは、その女の表情だ。

女はカメラのほうをじっと見つめながら、ニヤリと不気味な笑みを浮かべていたのである。

解説

類話と呼べるかどうかはわかりませんが、これと似たシチュエーションで展開する話は他にもいくつかあります。例えば、ある話では男が窓の外の夜景を眺めていたときに、突然目の前を落下していく飛び降り中の女と目が合い、ニヤリと笑いかけられます。ところが、いつまでたっても警察などは来ず、地面にも女の死体はありません。女は以前このホテルから飛び降りた自殺者の霊だったというオチです。

他に、突然電話がかかってきて窓の外を見るように指示され、なんだろうと振り向くと、ちょうど落下していく女と目が合ったというような話もあります。

ここでご紹介した話の場合は、これらの類話とは異なり霊や不可解な電話といったオカルト的な要素を廃し、かわりに写真という物証を登場させることによってオリジナリティを出しています。もっとも、実際にその写真を見たという人はやはり見つからないわけですが。

第6夜 パッシング

夜遅くに、ある男性が車を運転していた。

すると、対向車線を走る一台の車が、すれちがいざまに彼の車に向けてパッシングをしていった。

時間が遅いので道を行く車はまばらであったのだが、その後も彼の車とすれちがう車のほとんどすべてが、なぜか彼の車に向かいパッシングをしていく。

いったいなんなのだろう?

男性は疑問に思いながらも、あとで車を調べてみればいいと思い、そのまま走り続けていた。

するとそのとき、突如彼の車の背後から騒音が響いた。

見ると、車の後ろにぴったりとつけた大型のトラックが、彼に向かって何度もクラクションを鳴らしている。

トラックの運転手はなぜか上のほうを指さし、次に彼に向かって車を路肩に停めるように合図した。

彼にはなにが起きているのかさっぱりわからなかったが、とりあえず指示に従い車を路肩に停めた。続いてトラックも路肩に停車した。

彼は車から降りるとトラックに向かい、運転手にこう尋ねた。

「いったいなにがあったのですか？　見たところ、わたしの車に異常はないようですが……」

するとその運転手は、青ざめた顔でこう答えたのだ。

「あんたの車の屋根の上に、おかっぱ頭の女の子が座っていたんだよ。あんたが車を停めたとたん、すーっと消えちまったがな……」

解説

この話の類話には、屋根に座っているのが老婆とされているものもあります。

この話と似たモチーフを持つ物語に、アメリカの都市伝説である「車の上の殺人鬼」があります。これはいわゆる通り魔伝説の一種で、ある女性が車の運転中に、並走する車から窓を閉めて道をジグザグに走るよう指示され、わけもわからずにとりあえず従ってみると、車の屋根の上にいた斧を持った男が振り落とされ、彼女はすぐ近くまで迫っていた危険から我が身を守ることができたという話です。

「車の屋根の上にいるものへの警告」というテーマは共通しているものの、日本の伝説に登場するのは幽霊、アメリカの伝説に登場するのは殺人鬼。

車の屋根の上という目に見えない場所になにか〝恐ろしいもの〟が潜んでいたら……と想像するところまでは一緒でも、思い浮かべた〝恐ろしいもの〟が日本とアメリカではまるでちがっているというのが面白いところです。

第7夜

ジェット・ババア

深夜遅くに、ドライブを楽しむ若者たちを乗せた車が、人気のない山道を走っていた。

ふと前方を見ると、ヘッドライトの中に、一人とぼとぼと道を行く老婆の後ろ姿が浮かび上がっている。

こんな夜更けに、町からもだいぶ離れたこんな場所で、腰も曲がったようなおばあさんが一人ぼっちで歩いているとは……。若者たちは少し老婆を不審に思ったが、あまり深く考えずに老婆を追い抜くと、そのまま山道を走っていった。

それから、わずか数分後のことだ。運転席の若者がふとバックミラーをのぞくと、豆粒のような小さな物体が、背後から異常なスピードで車に近づいている！

その姿はバックミラーの中でどんどん大きくなっていく。それがなにかわかったとき、若者たちは思わず声をあげた。

「あれは……さっきの老婆だ！」

猛スピードで走る老婆はたちまちのうちに車に追いつくと、あっけにとられる若者たちのほうを向いてニヤリと笑い、そのまま車を追い抜いて遥かかなたへと走り去って行った。

解説

ジェット・ババアは現代妖怪の一種で、他にも「ターボ・ババア」や「百キロババア」などの呼び名があります。とにかくその足の速さが強調されていますが、やることといえば単に車を追い抜いていくだけであり、たいして害のある存在ではありません（ただし、これを見て驚いたドライバーが事故を起こす類話もあります）。

自動車を追いかけるということで、かなり新しい妖怪に思えるジェット・ババアですが、大迫純一氏の『あやかし通信「怪」』（ハルキ・ホラー文庫）によると、江戸時代の文献にも馬を追いかける老婆の話があるそうですので、ジェット・ババアも意外と由緒正しい存在なのかもしれません。

第8夜

紫ババア

夕方の三時に、学校のトイレのドアを十回ノックして、「紫ババア」と呼びかけると、そこに紫ババアが現れるらしい。

こんな噂がある小学校で流れていた。

ところが、実際に紫ババアを見た者はおらず、それがいったいどんな人なのかは誰も知らない。

そこで、ある少年が実際にこの呪文を試して、紫ババアの正体を突き止めようと決意した。

その日の夕方。

時刻を見計らい、少年はトイレに向かった。

幸い、トイレの中には他に誰もいない。少年はからっぽの個室トイレのドアを外側から閉めると十回ノックをし、「紫ババア」と呼びかけてみた。

……しかし、やはりというべきか、なにも起こらない。

拍子抜けした少年は、念のためと思い個室のドアを開けて中をのぞいた。

すると、さっきまで誰もいなかったはずのそこに、紫の着物を身にまとった小柄な老婆が立っていたのである。

「好きな色はなんだい？」

老婆は出し抜けに、少年にこんな質問をした。少年は驚きのあまりその場に立っているのがやっとで、質問に答えることができない。

「好きな色はなんだい？」

老婆はもう一度同じ質問をした。

しかし、少年がこれにもまた答えられないでいると、老婆はぬっと手をさし出して少年の肩をつかみ、恐ろしいほど強い力で少年をトイレの個室へと引き込んでいった。

翌朝、少年がトイレの個室で、血まみれになって死んでいるのが発見された。少年は腹を裂かれ、なぜか肝臓を抜き取られていたという……。

解説

紫ババアは学校のトイレに現れる、紫色の着物をまとった老婆です。夕方の三時か、あるいは深夜の三時に、トイレを十回ノックして呼びかけるなどの方法で呼び出せますが、基本的に子どもを襲う（腹を裂いて肝臓を抜き出すとか、四次元空間に連れ去るなどと言われています）存在なので、わざわざ呼び出す必要はないでしょう。

呼び出された紫ババアは、「好きな色は？」などという質問をしてくることがあります。このときは「紫」と答えるのが正解で、そうすれば紫ババアは危害を加えることなく去っていきます。また、中には質問などはせず、いきなり襲いかかってくる紫ババアもいますが、このタイプの紫ババアも、「むらさき、むらさき、むらさき」と三度唱えることで追い払うことができます。

プロローグでご紹介したカシマさんがそうであったように、質問に正しく答えるとか、呪文や名前を三度唱えるというのは、現代妖怪を追い払う基本的な方法なのです。

第9夜

四つ角ばあさん

これは三重県のとある田舎町での出来事だ。

学校帰りの少年が、夕陽を浴びながら家に向かって歩いていると、交差点の角に、一人の老婆が杖を突いて立っているのを見かけた。このへんでは見たことのない顔だ。

「よその町の人なのかな」

少年がそんなことを考えながら老婆のまえを通り過ぎようとすると、老婆は少年に向かい、こう声をかけてきた。

「ぼうや、そこのぼうや。ぼうやの名前は、なんというんだい?」

四つ角ばあさんだ！

少年はその瞬間、この老婆の正体を悟って心の中で叫んだ。

四つ角ばあさんとは、夕暮れどきに町の四つ角に立ち、子どもたちに名前を聞いてまわっている謎の老婆だ。

もしここで、自分の名前を教えてしまうと、その子は四つ角ばあさんによってどこかへ連れ去られてしまうのだという。

少年は固く口を閉ざし、老婆の質問を無視した。

「なあ、ぼうやの名前は、なんというんだい」

老婆はなおも繰り返し質問を続ける。

少年が相変わらず黙っていると、突然老婆の目が輝き、少年の胸のあたりを見つめながら、こんなことを言い出した。

「ああ、もう答えなくてもいいよ。ぼうやの名前は、わかったから……」

少年はあわてて老婆の目線の先、つまり自分の胸を見た。

そこには、学校の名札がぶら下げられていた。

これ以後、この少年の姿を見た者はいない。

解説

四つ角ばあさんは１９９０年頃に三重県の一部で噂されていた妖怪で、町の四つ角に、夕暮れ時に現れることからこの名で呼ばれています。四つ角ばあさんは、子どもが近づいてくると名前を尋ねてくるのですが、ここでもし正直に名前を答えてしまうと、四つ角ばあさんにどこかへ連れ去られてしまう（あるいは、殺されてしまう）といわれています。たとえ名前を教えなかったとしても、名札を見られるなどのなんらかの方法で名前が知られてしまうと、同じ結果となります。

当時、四つ角ばあさんの噂が流れていた町では、「学校外で名札を付けて歩いていると、誘拐犯や変質者に名前を覚えられることがあり危険だから」という理由で、登下校中には名札を付けず隠すようにという指導が行われていたそうです。四つ角ばあさんは、こういった変質者への注意が、子どもたちの噂に取り入れられることによって妖怪化していった存在なのかもしれません。

第10夜

一寸ババア

ある旅館で殺人事件が起こった。被害者は若い女性である。

彼女はトイレの中で死んでいたのだが、その手口はなんとも残忍で、全身を小さな刃物のようなものでめった刺しにされていた。

彼女の顔は原形をとどめぬほどに無残に切り刻まれており、経験豊富な捜査員たちですら、その現場のあまりの凄惨さには、吐き気を覚えたほどである。

しかし、彼らは捜査を進めるうちに奇妙なことに気がついた。

彼女が死んでいたトイレには内側からしっかりとカギが閉められており、しかも窓には格子があって数センチほどの隙間しかなく、とても人間が入り込む余地などない。

つまり、トイレは完全な密室状態だったのだ。

単純に変質者の犯行と考えていた捜査員たちは、早くも捜査に行き詰まってしまった。


それから数日がたった。

捜査員たちのもとに第二の被害者が出たという知らせがもたらされた。

今度の被害者は、女性が死んでいた例の旅館の経営者の息子で、内側からカギのかけられた自室の中で、またしても無残に切り刻まれて死んでいるのが発見されたのだ。

彼はなにかのビデオを見ているときに殺されたようで、テレビもビデオもつけっ放しにされており、画面には最後までビデオを映し終えたあとの砂嵐が映し出されていた。

またもや手がかりが得られなかった捜査員たちは、とりあえずビデオを見てみることにした。

ビデオを巻き戻し、再生すると、そこに映し出されたのは、なんとこの旅館のトイレの中だった。どうやら、殺された息子には盗撮癖があったようだ……。

やがて、そこに入ってきた女性の姿を見て、捜査員たちは色めきたった。それは、あの殺された女だったのだ。

どうやら、彼はあの日も盗撮をしていたようだ。どうやってかは知らないが、捜査員たちにも見つからずに、まんまとビデオを回収していたのである。

ここに決定的瞬間が撮影されているかもしれない。

捜査員たちは固唾《かたず》を呑んでビデオの画面を見守った。

すると突然、トイレの格子窓が開き、その隙間から手に大きな針を持った身長わずか数センチほどの老婆が入ってきたのだ！

老婆はトイレで用を足そうとしていた女性に襲いかかり、手にした針で彼女をめった刺しにしはじめた。

女性は悲鳴をあげて抵抗したが、老婆は恐ろしい敏捷《びんしょう》さで動きまわり、女性を襲う手を休めようとしない。

やがて女性はその場に崩れ落ち、まったく動かなくなった。しかし、それでも老婆は彼女を突き刺し続けた。

彼女はなおも無残に切り刻まれていく。

捜査員たちは、目の前で繰り広げられている信じがたい惨劇に、みな言葉を失ってしまった。

やがて、女性を切り刻み終えた老婆は、画面、つまりビデオカメラがあるほうを振り返るとニヤリと笑い、「次はあんたらだよ」と言った。

そのとき、捜査員たちのいる部屋の天井裏で、なにかが動く気配がした。

小さな、なにかが……。

解説

一寸ババアは最近になって聞くようになった、比較的新しい現代妖怪です。その体の小ささを利用し、どこからでも入り込んで、犠牲者を手にした針で切り刻みます。また、盗撮用に仕かけられたビデオに死の宣告をするのも特徴で、これによって残されたビデオテープが、いわゆる呪いのビデオと化します。このあたりは大ヒットした映画「リング」の影響が入り込んでいるのかもしれません。

一寸ババアにおける残忍な描写はスプラッタ映画のようであり、トイレの盗撮という要素と併せて考えると、この話が子ども向けではなく、若者向けに創作されたのだということがわかります。

トイレの花子さんなど、子どもの噂として語られることの多い現代妖怪ですが、なかにはこういった子ども以外によって語り広められるタイプの話もあるのです。

第11夜 赤いマフラーの女

あるところにいつも首に赤いマフラーを巻いている女の子がいた。

彼女はたとえ夏であってもマフラーを外そうとはしなかった。

ある日のこと、近くに住む少年が、彼女になぜいつもマフラーを巻いているのかと質問した。すると、女の子はこう答えた。

「もう少し大きくなったら教えてあげる」

やがて二人は成長し、同じ中学に通うようになった。

ある日のこと、少年はふとあの日の約束を思い出し、少女にマフラーのわけを尋ねてみた。すると、少女の答えはやはりこうだった。

「もう少し大人になったら教えてあげる」

やがて二人は同じ高校に通い、同じ大学に通うようになった。しかし、それでもやはり彼女はマフラーの理由を教えてはくれなかった。

さらに月日がたち、二人は大学を卒業することになった。卒業式を迎えた日、立派な若者に成長していた彼は、今では恋人となっている彼女に向かい、三度目の同じ質問を繰り返した。

なぜ、いつも赤いマフラーをしているのかと。

すると、彼女の答えはこうだった。

「結婚してくれたら教えてあげる」

やがて、二人は結ばれた。

式を挙げた日の夜、彼はあらたまって彼女にマフラーの理由を尋ねた。

すると彼女は、ため息をつきながらこう答えた。

「これ以上は隠しとおせそうにないわね」

そして彼女は、初めて彼の目の前でマフラーを外した。

それを見て、彼は驚いた。

彼女の首には、恐ろしいほど深い傷跡がついていたからだ。しかも次の瞬間、彼女の首はポロリと外れ、地面に転がり落ちた。


それからしばらくの月日がたったが、二人は今でも仲よく暮らしている。妻は相変わらず首に赤いマフラーを巻いて、そして夫は青いマフラーを首に巻いて……。

解説

この話には、女の首が落ちたところで終わるバージョンもあります。

また、この話と似た点のある小説に、ＳＦ作家の小松左京氏が一九七八年に発表した短編「ハイネックの女」というものもあります。

これは抜け首（ろくろ首。夜中になると首が抜け、首だけで空を飛んで移動する妖怪。普段は喉元に紫色の筋があるともいわれている）の伝承をベースとした話で、いつもハイネックで首筋を隠している抜け首の女と、そうとは知らずに恋をしてしまった男が愛し合うようになり、やがて男は抜け首の仲間に引き込まれてしまうというものです。

一応、話の流れなどは異なるのですが、状況設定やプロットはかなり近いわけですから、「ハイネックの女」が比較的新しい話である「赤いマフラーの女」の成立になんらかの影響を与えた可能性は高いと思われます。

第12夜 オフィスわらし

深夜のオフィスで、ある会社員が一人で残業をしていた。

この不景気なご時世に残業するほどの仕事があるのは結構なことだが、こんな時間まで残されて働かされたのではたまらない。そんなことを考えながらも黙々と働いていると、どこからか小さな子どもの笑い声が聞こえてきたような気がした。

しかし、オフィス街の真夜中のビルで、子どもの笑い声などがするはずはない。彼は自分の思い過ごしだと考えて、再び仕事に取りかかった。ところが、である。

「あははは」

今度こそまちがいない。はっきりとした子どもの笑い声が、廊下からこだましてきたのだ。彼はあわてて廊下へ向かった。深夜のオフィスに響く子どもの声に不気味さを感じないわけではなかったが、この会社に今残っているのは自分一人だけである。どこかから子どもが入り込んだのだとしたら、問題が起きる前に自分が捕まえなければならない。

彼が廊下へ飛び出すと、目の前を着物を着たおかっぱ頭の小さな子どもが通り過ぎていくのが見えた。

「あははは」

おかっぱ頭を揺らしながら、その子はとても楽しそうに、廊下の奥のほうへと駆けていく。

「待て！」

そう叫ぶと、彼は子どもを追って走りはじめた。

廊下の奥へ奥へと向かい、追いかけっこは続く。

やがてその子が、突き当たりの角を曲がると、彼はしめたと思った。その奥は、行き止まりになっているのだ。

彼は走るのをやめると、ゆっくりと、慎重に角を曲がった。

……ところが、そこには誰もいない。呆然とする彼の耳に、どこか遠くのほうから聞こえる「あはははは」という子どもの笑い声が再び響き渡った。

あとで同僚に聞いて知ったことだが、この会社には座敷わらしが住み着いているらしい。座敷わらしは旧家などにとりつく子どもの姿をした妖怪で、座敷わらしが住む家は大いに繁栄するといわれている。また、この座敷わらしを見たものにも幸運が訪れるらしい。

もしかすると、あのときの子どもこそがこのオフィスについている座敷わらし、つまりオフィスわらしだったのであろうか。

その後、オフィスわらしのおかげなのか、しばらくして彼は昇進が決まった。

解説

座敷わらしは「座敷ぼっこ」「蔵ぼっこ」「座敷小僧」などとも呼ばれることのある幼い子どもの姿をした妖怪で、旧家や旅館などに現れます。伝承によると、座敷わらしが住み着いた家や旅館は大いに繁栄するそうですが、去ると途端に没落してしまうともいいます。遠野物語には、ある栄えていた家から座敷わらしが去った途端、その家のほとんどの人が毒キノコにあたって死んでしまったという話もあるぐらいですから、単に福をもたらすだけではなく、その揺り返しも大きいのかもしれません。

オフィスわらしは単にオフィスに出現するというだけで、基本的にはこの座敷わらしと同じ性質を持った存在です。夜中に子どもの笑い声が響くというのはなかなかに不気味ですが、オフィスわらしが住み着いた会社は繁栄を迎えますので、こんな不景気の世の中では、どこへ行っても歓迎されることでしょう。また、オフィスわらしを目撃した社員にも恩恵はあり、必ずその後に出世するのだそうです。

第13夜

カミをくれ

放課後の小学校の人気のないトイレで、少女が用を足していたときのことだ。

突然どこからか、「カミをくれ……、カミをくれ……」という、うめくような声が聞こえてきた。しかも、いったいどういうわけなのか、声は下のほうから、つまり便器の中から聞こえてくるように思える。

少女は恐れながらも、確認をするためにそーっと便器の中をのぞき込んだ。

そして……、思わず言葉を失った。

なんと、便器の底から一本の白い腕が伸びてきたのだ。

「カミをくれ……、カミをくれ……」

やはりその声は便器の奥から聞こえてくるらしい。白い手は声に合わせ、まるで催促するかのようにゆらゆらと手招きをしている。

少女は急いで逃げようとしたのだが、なぜかドアは誰かが押さえつけているかのようにがっちりと閉められていて、どんなに力を込めても開かない。

逃げ出すのをあきらめた少女は、恐怖に震えながらも声の指示に従い、トイレットペーパーを巻き取ると、それを白い手にさしだした。

「カミをくれ……、カミをくれ……」

しかし、それでも不気味な声はなりやまない。

白い手のほうもまだ足りないとでも言うかのように、ますます激しく手招きをしはじめた。少女はさらにトイレットペーパーがなくなるまで巻き取って白い手にさしだしたが、それでも声はなりやむことなく響き続ける。

「カミをくれ……、カミをくれ……」

「そんなこと言っても……。もう残ってないよぉ」

少女が涙声で訴えると、突然、便器の奥からこんな叫び声が聞こえてきたのだ。

「そのカミじゃない……、この髪だぁ！」

声と同時に白い手が伸びあがり、少女の頭髪を掴むと、少女の体ごと便器の奥へと引きずり込んでいった。

解説

この話は、いわゆる大声系怪談の一種です。大声系怪談とは、最後の一言を大声で言うことによって相手を驚かせるという、ちょっと卑怯な怪談のことで、この話の場合は「この髪だぁ！」を大声で言います。ときには手を伸ばして髪を掴むしぐさをすることで相手を驚かせたりもします。

またトイレから出てくる手というと、京都に伝わる伝統的な妖怪でカイナデというものもいます。京都では節分の晩（旧暦でいう年越しの晩）には便所に入ってはいけないとされているのですが、この禁を犯して便所に入ると、便器の奥からカイナデが現れて尻をなでられてしまうといわれています。どうしてもトイレに入りたくなった場合は、「赤い紙やろか、白い紙やろか」と唱えながら入ると、カイナデは出ないのだそうです。

トイレから出る手という状況設定や、「カミをくれ」という声に対する「紙やろか」という呪文など、この怪談とカイナデには共通点が多いように感じられます。あるいは、「カミをくれ」と叫ぶ謎の妖怪は、カイナデなのかもしれません。

第14夜 わすれもの

あるところに忘れ物ばかりをしている男の子がいた。
先生に何度注意されても、ついうっかりと忘れ物をしてしまう。
そこで彼の母親は、男の子が忘れ物をしないように、忘れ物帳を作ってあげた。
それからというもの、男の子の忘れ物はめっきりと減った。

ところが、ある日のことだ。
男の子は人気のない踏み切りを渡っている途中に、線路につまずいて転び、足をくじいてしまった。

ちょうどそのとき、不幸なことに向こうから電車がやってきた。

線路の真ん中、痛みで泣き叫ぶ男の子に向かい、電車はどんどん迫ってくる。

よける間もなく、かわいそうな男の子は電車に衝突し、バラバラになって死んでしまった。

その後、警察が来て男の子の体を拾い集めたのだが、なぜか頭だけはどんなに探しても見つからなかったという。

それからしばらくたったある日のこと、彼の母親は息子の形見であるランドセルを開けて、中からあの忘れ物帳を取り出した。

思い出にふけり、悲しみにくれながら忘れ物帳をめくる彼女の目に、ちょうど男の子が事故にあった日付が飛び込んできた。

そのページを見た母親は、目を見ひらいた。

その日の忘れ物の欄には、男の子の文字でこう書かれていたのだ。

「わすれもの、ぼくのあたま」

解説

他に、踏み切り事故で首がなくなる話としては、次のようなものもあります。

ある踏み切りで、幼い娘を連れた母親が事故にあった。幸い娘は助かったのだが、娘をかばった母親は衝突の衝撃でバラバラになり、首だけが行方不明となる。彼女の首はその後、警察の必死の捜索によってなんとか発見された。ところが、捜査員が首を持ち上げた瞬間、生きているはずのない彼女の首が「娘は?」とか細い声で聞いてくる。娘の無事を知ると、彼女の首は動かなくなった。

首の切断が重要な要素として出てくる話には、「首なしライダー」や「首なしサッカー部員」など派手なものもありますが、踏み切りによる首の切断ということになると、なぜかこういった少し切ない話が増えるようです。

第2部

怖い伝説

第15夜

ババサレ

少年はその日、恐ろしい噂を聞いてしまった。

手に鎌をもった恐ろしい白髪の老婆の話である。この老婆は背中に大きなかごを背負っており、子どもたちの首を鎌で刈り落としては、かごの中に次々と放り込んでいくという。

しかし、なによりも恐ろしいのは、この老婆には自分のことを噂されると、それに気づく能力があるということだ。

老婆は自分の噂を聞いてしまった子どもたちの家に現れて、その首を刈るという。

この噂を聞いて、怖くてしかたなくなった少年は、寝るまえに家中の戸締りを確認し、震えながら布団にもぐりこんだ。

それから、どれくらいたったであろう。

恐怖におびえていた少年が、やっとうとうとしかけたとき、「ドン、ドン、ドン」という戸をたたく大きな音が玄関から聞こえてきた。

少年の意識は一瞬で覚醒する。

とっさに耳を澄ましたが、両親が起きる気配はない。

ふたたび、「ドン、ドン、ドン」という、さっきより一段と大きな音が玄関から響いてきた。

少年はどうすることもできず、ただただ布団の中で縮こまり、震えていた。

するとしばらくして、今度は少年の部屋の窓のほうから、「ジャリッ、ジャリッ」という誰かが地面を歩く音が聞こえてきた。

勇気をふり絞って飛び起きた少年の目に、窓の外、月明かりの中に浮かびあがる鎌をふりあげた老婆の姿が飛び込んできた。

「ババサレ、ババサレ、ババサレ！」

少年は老婆に向かって大声で叫んだ。これがこの妖怪を追い払うための呪文なのだ。するとその途端、老婆の姿は月明かりの中でかき消えるようにして見えなくなってしまった。

それ以後、少年がこの謎の老婆に脅《おびや》かされることはない。

解説

ババサレはカシマさんと同じく、話を聞いた人のもとに現れるという要素を持つ現代妖怪です。ババサレという名前は、おそらく「婆去れ」から来ているのでしょう。

カシマさんも類話によっては「カシマさん、カシマさん、カシマさん」と三度その名前を唱えることで追い払うことができるというパターンがありますので、この点でもババサレは非常にカシマさんと近縁な存在であるといえます。

このババサレに似たような話としては、「ババハアサレ」や「バファーサル」などというものがあります。この話では、最後に老婆に向かって唱える呪文が、「ババハアサレ」や「バファーサル」などに変化しています。これ以外の部分ではババサレとほとんど同じ話ですので、おそらく「ババハアサレ」や「バファーサル」というものは、「ババサレ」が伝聞過程で変化して、意味を失ってしまったものなのでしょう。

第16夜
六甲牛女

兵庫県西宮の六甲山を少し下ったところに、祖神として地元の人々の信仰を集めている大きな岩が置かれている場所がある。

昔から、この岩は動かすと祟りがあると恐れられており、実際、この場所に道が造られることになったときも誰も岩を動かすことができず、この岩をよけるようにして大きくカーブを描いた道路が造られたほどである。

さて、ある日の夜のことだ。

数人の暴走族の若者がバイクで六甲の山道を走っていた。彼らは、この岩の前を通りかかったときに、大声で叫びながら岩に向かって蹴りを入れ、そのまま走り過ぎていった。

ところが、しばらく走り続けていると、前方の暗闇の中に、道路の真ん中で仁王立ちになった着物姿の女が現れた。

若者たちはあわててブレーキをかける。

「ふざけるな、バカ。危ねえだろう！」

しかし、ヘッドライトに浮かぶ女の姿がはっきりと見えた途端、若者たちは口をつぐんだ。

その女の顔は、頭から二本の角をはやした牛そのものだったからである。

女は悲鳴とも泣き声とも判断のつかない奇妙な声で吠えると、彼女の脇をすり抜けて逃げていった若者たちのバイクを、地面に四つんばいになって猛スピードで追いかけはじめた。

牛女に追い立てられた若者たちのバイクは、一台、また一台と道を外れて、次々と事故を起こしていく。

最後に残された若者は、後ろを振り向きもせず、ただただ一心不乱に逃げ続けた。しばらくして振り返ると、そこに牛女の姿は見えない。

しかし、ほっとしたのもつかの間のこと。彼が再び前を向くと、そこにはいつの間にまわりこんだのか、先ほどの牛女が立ちはだかっていたのである。

彼は驚きのあまりハンドルを切りそこね、猛スピードのまま崖にぶつかっていった。

これ以後も、時折、六甲山中では牛女の姿が目撃されているらしい。

解説

牛女はその名のとおり頭が牛、体が人間という異形の妖怪です。

この牛女の出現がはじめて噂されたのは、戦時中のことでした。芦屋、西宮の一帯が米軍の空襲で壊滅したとき、焼け落ちた屠場《とじょう》の跡から牛の頭をもった女が現れたという噂が立ちました。噂によると、この牛女は屠場の経営者の娘で、生まれながらの異形であったため、座敷牢に閉じ込められて育てられていたそうです。それが空襲で檻が破壊されたために自由になり、外に出てきたというのです。

屠場の娘に牛女が生まれるという点でなにやら差別的な発想を感じる噂ですが、噂が立った地域が現在牛女の出没する地域に近いので、六甲牛女のルーツがこの座敷牢の牛女にあるのはまちがいないでしょう。

戦時中の噂ではただ姿を見せて周囲を驚かせていただけの牛女も、どんな心境の変化があったのか、今では車やバイクを追いかけまわす、かなりアクティブな存在となっています。

第17夜 くだん

太平洋戦争が終わりに近づいて、日本本土が空襲の被害にさらされるようになった時期のことだ。

神戸のある牧場で、じつに奇妙な姿の仔牛が生まれた。

この仔牛は、体は普通の牛と同じである。だが、その顔は人間にそっくりだったのだ。

神戸で生まれた仔牛は、しばらくすると言葉を話しはじめるようになった。

そして生後一週間が過ぎると、やがて戦争が日本の敗戦で終わると予言をし、静かに息を引きとったそうだ。

この生物は「くだん」という名の幻獣である。

くだんは江戸時代の瓦版などにもその姿が見られる由緒正しい存在で、くだんが生まれるのは飢饉や戦争などの大きな災厄が起こる予兆なのだという。

また、くだんには未来を見通す不思議な力もあったらしい。未来のわかるくだんが喋ったことは必ずすべて実現することから、江戸時代には、証文の最後に「よってくだんのごとし」と書く決まり文句も生まれたほどだ。

これは、「この証文の内容は、くだんが喋ったかのごとくまちがいのないことである」という意味である。

解説

くだんとは顔が人間で体が牛という伝説上の生き物で、漢字一文字で件とも書き表します。くだんはおよそ百年に一度、牛の胎から生まれさまざまな予言をしますが、くだんが生まれるのは凶兆であるといわれます。

戦時中、くだんの出没は各地で噂されていましたが、この話にあるように神戸にもくだんは生まれたといわれています。前夜に紹介した牛面人身の牛女と、人面牛身のくだんが同じ地域で噂されていたとは興味深いことです。あるいは、牛女伝説の誕生には、このくだんの噂も関わっていたのかもしれません。

なお、「よってくだんのごとし」という言い回しが幻獣のくだんから生まれたというのは単なる俗説で、実際にはくだんが文献に登場するはるか前より使われています。

第18夜 耳かじり女

ある若い女性が渋谷の街を歩いていると、背後から「ねえ、あなたピアスしている?」と声をかけられた。

振り向くと、どことなく陰気な若い女が立っている。

伏し目がちなその顔は、なかなかの美人であるようにも見えるのだが、彼女の周りに漂うどことなく不気味な気配が、その美しさをかき消してしまっている。

しかし、それにしても変な質問だ。

ピアスをしているかどうかなんて、見ればわかりそうなもの。なぜそんなことをわざわざ聞くのだろう？

疑問に思いながらも、彼女は素直にこう答えた。

「ええ、していますよ。ピアス」

すると突然、その女は彼女に向かって跳びかかり、彼女の耳をピアスごと喰いちぎってしまったのだ。

じつはこの女はピアスの穴を耳にあけたときに、耳から出ていた白い糸を引っ張って失明してしまった女性なのである。

それ以後、女は精神を病んでしまい、渋谷の街で「あなたピアスしている？」と声をかけてまわっては、「している」と答えた人の耳を喰いちぎっているらしい。

解説

この耳かじり女の話のベースにあるのは、「ピアスの白い糸」と呼ばれる有名な都市伝説です。これは耳にピアスホールをあけた女性が、穴の中から出ている白い糸のようなものに気づき、これを引っ張ると、その途端に失明してしまう（白い糸は、視神経だったのだ）というもので、一九八〇年代から九〇年代にかけて大流行した話です。もちろん、医学的にはそんな場所に視神経が通っているはずはなく、たんなる噂にすぎません。

耳かじり女の話は、このピアスの白い糸というウソの上に、被害者の発狂という新たなウソを積み重ねることによって成立しています。この話の特性上、「ピアスの白い糸」を知らない人には、この話は広がりにくいようです。耳かじり女があまりメジャーになれないのも、このあたりに理由があるのかもしれません。

第19夜 壁女

一人暮らしをしている若い女性が、ある日、部屋の中で誰かの視線を感じたような気がした。しかし、もちろん部屋の中には彼女の他には誰もいない。

気のせいかな……。

ところが、その日以来、彼女は毎日のように部屋の中で誰かに見つめられているような感覚に襲われるようになった。

彼女の部屋はアパートの三階なので、外からのぞかれているとも考えにくい。

一度などは、この部屋のどこかに誰かが隠れているのではないかと思い、家捜《やさが》しまでしたのだが、そんな努力もムダに終わった。

「私は少し頭がおかしくなってしまったのかな？　それで、ありもしない視線を感じるのだろうか……」

そんな考えも頭の片隅をよぎりはじめたある日、ついに彼女は視線の主を発見した。

彼女の部屋のタンスと壁のあいだに、ほんの数ミリの隙間があるのだが、その隙間に厚さが数ミリほどの女が立って、じっと彼女を見つめていたのだ。

解説

壁女は厚さがわずか数ミリしかない女性で、タンスと壁のあいだや、冷蔵庫と壁のあいだなどに潜んでいます。タレントの桜金造氏の持ちネタの怪談にこれの類話がありますので、そこで知ったという方も多いかもしれません。

直接のルーツなのかはどうかはわかりませんが、薄っぺらな女の妖怪というのは江戸時代にも出現しています。南町奉行・根岸肥前守鎮衛《ひぜんのかみしずもり》の書き残した随筆集、『耳袋』の中に「房斎新宅怪談の事」として記されている話によると、数寄屋橋のあたりに房斎という菓子屋が引っ越してきたのですが、この新居ではなぜかどんなに押しても二階の戸が半分ほどしか開かず、使用人たちがほとほと困り果てていたそうです。それがある日、力まかせに戸を激しく戸袋の中に押し込むと、戸袋の隙間から女が現れ、使用人に組みついてきたのだとか。

戸袋の役割を考えると、そんな場所に潜んでいるほうが悪いという気もするのですが、これで戸袋の女は場所を移動し、タンスや冷蔵庫の裏に潜む女になったのかもしれません。

第20夜

首なしサッカー部員

ある学校の教師が夜遅くに校内の見回りをしていると、校庭で誰かがサッカーの練習をしているのに気がついた。

サッカー部の部員であろうか。彼は一言注意しなければと考え、ゆっくりとサッカーをする人影へ近づいた。

「こらこら、熱心なのはいいことだが、こんな時間まで練習していてはダメだぞ。早くうちに帰りなさい」

しかし、その人影は教師の言葉に気づく風でもなく、黙々とサッカーの練習を続けている。

やがて、教師は人影に近づくにつれて、おかしなことに気づいてしまった。

彼には……頭がなかったのだ！

その瞬間、頭のない人影は教師に向かってボールを蹴った。

とっさのことにあわてながらも、教師はボールをキャッチした。だが、受け止めたボールをよく見ると、それは人間の頭であった。

解説

都市伝説や現代妖怪の世界では「首の切断」が重要なキーワードとして登場する話が多いようです。この話の他にも、例えば次のようなものが知られています。

ある男性が、彼女を後ろに乗せてバイクで二人乗りをしていると、前方に折れ曲がった道路標識が現れた。男はとっさに身をかがめて標識をかわしたのだが、彼女は逃げ遅れて首に標識が当たり、首をはね飛ばされてしまった。

地面に転がった彼女の首を、男があわてて拾いあげると、彼女の首は男を見つめてこうつぶやいた。「私、もう死んでるの？」

この都市伝説では落ちた首が自己主張をしていますが、首なしサッカー部員の場合は、首のかわりに胴体がサッカーをするなどして自己主張をしています。

第21夜 窓の外の男

学生たちがアパートの一室で、夜中に麻雀をしていた。

彼らはジャラジャラ、ジャラジャラと大きな音を響かせていたのだが、ゲームに熱中していたので周囲の迷惑など顧みない。

すると、そのときである。

「うるさーい！　今、何時だと思っているんだ！」

突然の怒号が部屋の中に響き渡った。見ると窓の外に、顔を真っ赤に怒らせた中年の男性が立っていて、学生たちを睨《にら》みつけている。

突然のことに驚いて、彼らが口々に謝ると、男は「そう、わかってくれればいいんだ。もう少し静かにしろよ」と言い残し、その場を立ち去って行った。

さて、これで収まらないのは学生たちのほうだ。

たしかに非は自分たちにあるわけだし、勢いに押されたこともあって謝りはしたものの、いきなり怒鳴り込まれていい気がするはずはない。彼らは口々に「なんだよ、あのおっさんは」とか、「あのおやじのほうがうるさいよ」などと毒づきはじめた。

ところが、なぜか彼らの中で一人だけ悪口らしきことはなにも言わず、真っ青な顔で黙り込んでしまった者がいる。いったいどうしたのかと仲間たちが尋ねると、彼は震える声でこういった。

「まだ気づかないのかよ。ここって……二階だろ？」

解説

この話には、窓から道を尋ねられたり、普通に会話をしたりしたあとに、そこが二階であったことを思い出すという類話もあります。自分の部屋が何階にあるのかわからないというのもおかしな話ですが、とっさのことだったのですぐには気づかなかったということなのでしょう。

この男の正体が幽霊なのか、あるいはなにかまったく別のものなのかはわかりませんが、人が入れるはずのない場所や、人が行けるはずのない場所に誰かがいるというのはなかなかに不気味なものです。この話では前半に日常の光景を展開しておき、後半になってそれがじつは非日常のものであったと気づかせることのギャップにより、いるはずのない人物の不気味さをさらに際立たせています。

第22夜 死人茶屋

「死人茶屋」とは、今では失われてしまった上方落語の古い演目である。現在にまで伝わっているのはそのタイトルだけで、具体的にどんな噺《はなし》であったのかというのはいっさいわかっていない。

死人茶屋は、その名からもわかるように怪談噺の一種であった。だが、その完成度はきわめて高く、誰もが震え上がるような恐ろしい噺であったらしい。

一説によると、この噺を語ると、なにかよくないことが起こるともいわれていたようで、そのせいか多くの落語家たちはこの噺を語ることを恐れ、封印してしまった。

そのため死人茶屋は語り継ぐ者がいなくなり、今ではその内容が完全に忘れ去られてしまっているのである。

解説

死人茶屋の伝説が誕生するきっかけとなったのは、おそらくは掘晃氏の同名の短編小説である「死人茶屋」です。この小説ではまず冒頭に、堀氏が「死人茶屋」の話題を口にした途端、その場に居合わせた噺家たちが、なぜかみな一様に口をつぐんでしまったというエピソードが紹介されています。小説ではそのあと、場面が一転してかわり死人茶屋を題材とした堀氏オリジナルの物語が展開するのですが、この冒頭のタブー扱いされている噺といった描写から尾ひれがつき、このような噂になったのでしょう。

なお、「死人茶屋」は前田氏演題集にその題目が残されていますので、かつて実在した噺であったことはたしかです。ただし、上方落語は昭和初期の漫才ブームや第二次世界大戦によって一時的に衰退し、このあいだにかなり多くの噺が失われていますので、この噂にあるような特別な事情を用意しなくても、その消失は十分に説明がつきます。

第23夜 再会した友

ニューヨークの高層ビルの上階で、一人の男がエレベーターを待っていた。エレベーターがきて扉が開くと、乗客の中に、じつに懐かしい顔がある。ハイスクール時代の友人が、そこに立っていたのだ。

「ずいぶんと久しぶりだなあ。今、なにをしているんだい?」

男がにこやかに語りかけると、かつてのクラスメイトは男を制止するかのように手を前に突き出し、厳しい表情でこういった。

「だめだ、乗るな」

友人の不可解な態度に戸惑っているうちにエレベーターの扉は閉まり、男はその場に取り残されてしまう。ところが次の瞬間、エレベーターのロープが突然切れ、エレベーターは轟音《ごうおん》とともに地上めがけて落下したのだ。

エレベーターの乗客は、全員即死であった。

自分が命拾いしたことを知った男は、そこである事実を思い出す。あのエレベーターの中にいた友人は、ずいぶん前に事故で死んでいたということを。

解説

この話の原型と思えるものは、二十世紀初頭のイギリスやアメリカにすでに存在していました。ある晩のこと、若い女性の家の前へ葬儀用の馬車が現れ、中から御者が「もう一人入る余裕がございます」と呼びかけてきました。彼女はこれが夢なのか現実なのか判断がつきません。こんなことが何日か続いたあとのある日、女性はデパートへ買い物に出かけました。彼女が買い物を終えて、エレベーターに乗ろうとすると、中は人で一杯。乗ろうかどうか躊躇する彼女に向かい、エレベーターの運転士がこう声をかけてきました。

「もう一人入る余裕がございます」

驚いて顔を見ると、そこに立っていたのはあの御者です。誘いを拒否し後ずさりする彼女の前で扉は閉まり、エレベーターは地上めがけて落下していきました。

古いタイプの話では主人公を死へいざなおうとしていたエレベーターの中の男が、新しい話では逆に命を助けるものに変化しているというのが興味深いところです。

第24夜
ガソリンスタンド

コロラド州デンバーの付近で車を運転していた若い女性が、ガソリンスタンドに立ち寄った。給油を済ませ、支払いをするためにクレジットカードをスタンドの若い男性の店員に渡すと、彼は急に表情が険しくなった。

「このカードは使えません。偽造カードの疑いがある。一緒に事務所まで来てください」

彼女は驚き、そんなはずはないと抗議したのだが、男はまったく聞き入れてくれない。しかたなしに、彼女は男に促されるまま渋々と事務所へ歩いていった。

ところが、である。

彼女が事務所の中に入ると、その店員はいきなり一つしかない事務所の入り口のカギを後ろ手に閉めてしまったのだ。

事務所の中には他に誰もいない。驚いた彼女が逃げ出そうとすると、店員は強く彼女の腕をつかみ、それを静止した。

「待ってください。危害を加えるつもりはありません。ただ、あなたを車の側からどうしても引き離さなければならなかったのです」

そして彼は、わけがわからない様子の彼女に向かい、こんな質問をした。

「あの車のバックシートにうずくまっている男が誰なのか、あなたはご存知ですか?」

その後、ガソリンスタンドには警察が呼ばれ、バックシートに潜んでいた男は逮捕された。

解説

この話もまた殺人鬼にまつわる都市伝説ですが、殺人鬼が目的を達せずにハッピーエンドで終わるという、この手の伝説では意外と珍しいパターンの話です。

「パッシング」の解説でご紹介した「車の上の殺人鬼」の話は、この類話バージョンと展開に似たところがありますし、また車の死角に危険な男が忍び込んでいるという点でも共通しますので、あるいは「車の上の殺人鬼」もこの話から枝分かれして生まれた都市伝説なのかもしれません。

第25夜

なめられた手

ある女性が就職を機に上京し、アパートで一人暮らしをすることになった。

しかし、慣れない都会での生活は、一人ではなにかと心細い。そこで彼女は、実家で長年飼っているペットの大きな犬を一緒に連れて行くことにした。

もちろん、彼女が入居するアパートはペット禁止なのであるが、室内でこっそり飼っていればバレないだろう。彼女は自分のベッドの下に犬の寝床を作り、自分が眠るときはいつもそこに犬を寝かせるようにした。

「気に入った？　ここが今日からあなたの新しい家よ」

彼女はそう話しかけながら、ベッドの下にいる犬の頭をなでようと手をさしだした。

するとと彼女の愛犬は、この新しい住処が気に入ったのか、嬉しそうに尻尾を振りながら彼女の手をペロペロとなめてきた。


彼女が都会での生活にも慣れはじめたある日のことだ。

真夜中に、ベッドで眠っていた彼女は、「ポタリ、ポタリ」という水滴がたれているような音を聞いて目を覚ました。

音はどうやらバスルームから聞こえてくるようだ。

「蛇口をきちんと閉めていなかったのかな?」

彼女はそう考えて納得したのだが、それにしても深夜に響く不気味な水音は、なんとなく人を不安にさせるものがある。

そこで彼女は、いつもそうするようにベッドの下に向かってそっと手を伸ばした。

すると、やはりいつものように、犬は彼女の手をペロペロとなめてきた。

「大丈夫、私にはこんなに心強いパートナーがいるんだから」

そう思うと彼女はすっかり安心し、そのまま深い眠りに落ちていった。

翌朝、目を覚ました彼女は、昨夜の水音のことを思い出した。

昨日は眠かったので放っておいたのだが、会社に行く前にしっかりと栓を締めておかなければ。そう考え、バスルームに入った彼女は、そこで信じられないものを目にする。

なんと、バスルームのシャワーから彼女の愛犬がのどを切り裂かれ、血まみれの姿で吊るされていたのだ。

あの一晩中響き続けた水音の正体は、犬ののどから滴り落ちる血がバスルームの床を「ポタリ、ポタリ」と打ちつける音だったのである。

彼女は悲鳴を上げながらバスルームから飛び出した。

すると彼女の目に、洗面所の鏡に真っ赤な血で書かれたこんな文字が飛び込んできた。

「人間だってなめるんだぜ」

解説

この話もまた、アメリカやヨーロッパに起源を持つ都市伝説です。アメリカには主人公のルームメイトの女の子が犬とともに惨殺される（そして主人公の女の子は、それに気づかず暗闇で手をなめられる）という展開の類話もあります。

暗闇で異常者に手をなめられるという状況設定はなかなか不気味で、恐ろしいものがありますが、人間の舌と犬の舌では長さや感触がだいぶ異なりますので、すぐに気づかれてしまうのではないかという気も少しします。

なお、これは余談ですが荒木飛呂彦氏の人気マンガ「ジョジョの奇妙な冒険」では、殺人鬼・吉良吉影が杉本鈴美を殺害する話の中で、この都市伝説から引用したと思われるエピソードが登場しています。

第26夜

地下鉄の客

ある男が、深夜のニューヨークで地下鉄に乗り込んだ。時間が時間であるためか車両の中はすいており、男の他には初老の婦人一人が乗り合わせているだけである。

電車が次の駅に停まると、三人連れの若い男たちが車内に乗り込んできた。彼らの内の一人はかなりひどく酔っているようで、自分の力で歩くことができないのか他の二人に両脇から支えられ、抱きかかえられるような形で運ばれている。

若者たちは車両のすみの座席に座り込んだ。両脇の男たちは時折なにやら会話を交わしているようだが、距離があるし小声で話しているので、なにをいっているのかはよく聞き取れない。真ん中の男は完全に熟睡しているのか、座席にだらしなくもたれかかっている。

そんな様子をなんとはなしに男が眺めていると、男の視線に気づいたのか、両脇に座る若者たちが彼のほうを向き、しきりにこちらの様子を気にしはじめるようになった。

男はなんとなく変な感じを受けたが、特に気にするほどのことではないと思い直し、正面を向いた。すると、男の前の座席に座る初老の婦人もまた、なぜかとがめるかのような表情でじっとこちらを見つめていたのである。

婦人は男と目が合うと、あわてて視線をそらした。

いったいどうしたというのであろう。

男は不思議に思ったが、別に自分の様子に普段と変わりのあるところはないはずだ。

そんなことを考えているうちに、やがて電車は次の駅に到着した。すると、例の初老の婦人が立ち上がり、男に近寄ってそっと声をかけてきた。

「私と一緒に、この電車から降りてください」

男はなにがなにやらわからないまま、婦人の言われるままに席を立ち、駅のホームに降りた。

「私になにかご用でしょうか？　私にできることなら、手助けしますけれども……」

男がこう尋ねると、婦人は走り去っていく電車を見届けながら、彼にこういった。

「いいえ、助けられたのは、たぶんあなたのほうですよ。あなたは気づかなかったようね。あの三人連れ、真ん中の男は死んでいました」

あの三人……いや、二人の若者は、死体を運搬している最中だったのである。もしあのまま電車に乗っていたら、男はなにか〝厄介なこと〟に巻き込まれていたかもしれない。男は婦人に礼を述べると、その場から立ち去っていった。

解説

アメリカでこのタイプの話が確認できるのは意外と古く、一九〇二年ごろのブックマン誌に掲載された記事にまでさかのぼれます。この記事に掲載された話では、事件の舞台が地下鉄ではなく、乗合馬車となっていますが、話の大筋は変わりません。

ところで、中国にもこの話の類話がありますが、そこでは死体を運ぶ両脇の男たちは死神であるとされています。

都市伝説では、話の大筋が同じなのに、語られている地域や時代によって細かい状況設定や、登場人物ががらりと変わってしまうことがよくあります。例えば、日本の有名な怪談であるタクシーに乗った幽霊が途中で消えてしまうという話でも、アメリカには消えるのが天使であるとされている類話が存在していたりします。

その国や地域の文化によって、人々がなにを信じるか、どんな話なら信じるかということは変わりますので、その影響が話の設定に反映されているわけです。

第27夜 聞き分けのいい子

ロサンゼルスの近郊に、母親の言いつけをよく守る、とても聞き分けのいい女の子が住んでいた。

彼女には幼い弟がいて、彼女はとても弟をかわいがっていたのだが、この弟には一つだけ困ったところがあった。それは〝お漏らし〟である。彼女の弟はいまだにトイレで用を足すことが覚えられず、いつもお漏らしばかりをしていたのだ。

ある日のこと、いつまでたってもお漏らしが治らない弟に向かい、業を煮やした母親がこう叱りつけた。

「いいかげんにしなさい！　今度お漏らしをしたら、おちんちんをはさみでちょん切るわよ！」

それからしばらくたったある日のことだ。

母親は幼い姉弟を留守番に残して買い物に出かけた。

ところが、彼女が買い物を終えて家に戻ってくると、幼い息子が下半身を血まみれにして、ぐったりとした様子で横たわっていたのである。

母親が帰ってきたのに気づくと、手に大きなはさみを持った彼女の娘は、にこやかに笑いながらこういった。

「この子がまたお漏らしをしたの。だから私、ママのかわりにちょん切っておいたわよ」

解説

この話の類話には、母親が息子を病院へ連れて行こうとあわてて車を発進させ、あとを追いかけてきた娘をひき殺してしまうというオチのつくものもあります。

母親のちょっとしたミスで子どもが全員死んでしまうというテーマの話はヨーロッパなどにはかなり古くからあり、グリム童話の初版にも、母親が赤ん坊を行水させているときに兄が弟の首をナイフで突き刺し、それに驚いた母親が怒って兄の心臓をナイフで刺し、目を放した隙にいちばん下の赤ん坊が溺れて死んでしまうという、なんとも救いようのない残酷な話がありました。グリム童話は当時のドイツの民話を集めたものですし、都市伝説もまた現代の民話です。民話を生み出す想像力の中には、かなり残酷なものも含まれているということなのでしょうか。

第3部

不気味な話

第28夜

十三段

あるアパートに人が居つかない部屋があった。その部屋とはアパートの二階、階段を上がりきってすぐのところにある部屋だ。

この部屋はなぜかアパートの他の部屋よりも家賃が安い。そのため借り手はすぐに見つかるのだが、入居して十日もたつとみな逃げるように引っ越していってしまうのだ。

噂によるとこの部屋に入居した者はみな、夜寝ているときに子どもの声を聞くらしい。入居してきた最初の晩に聞こえるのはこうだ。

「一段上がった、うれしいな。全部上がったら遊びましょう」

翌日にはこんな声が聞こえる。

「二段上がった、うれしいな。全部上がったら遊びましょう」

それ以後も夜中に声は聞こえ続け、三段、四段とだんだん近づいてくるのだという。

アパートの二階までの階段は、全部で十三段。そこでたいていの人は、十日もすると怖くなってアパートから逃げ出してしまうのだ。


ある日のこと、若い男が値段の安さにつられてこの部屋を借りた。彼も噂は聞いていたのだが、もともと幽霊などの類を信じていない男であったのでまるで気にしていない。いい部屋が安く借りられたと喜ぶばかりであった。

ところが、その日の夜。男が寝ていると誰かが階段を一段上がった音が聞こえた。

そして不思議なことに、男の耳元で子どもの囁く声が聞こえたのだ。

「一段上がった、うれしいな。全部上がったら遊びましょう」

噂は本当だった！

男は内心驚いたが、これはいい機会だ、最後まで見届けて噂の正体を暴いてやろうと考えた。次の日も、そのまた次の日も噂どおり子どもの声は聞こえる。

「二段上がった、うれしいな。全部上がったら遊びましょう」

「三段上がった、うれしいな。全部上がったら遊びましょう」

しかし男はまったく動ぜず、問題の十三日目になってもアパートから逃げ出さなかった。

そして、その日の翌朝。部屋に遊びに来た友人によって、男の死体が発見された。

解説

少しずつ近づいて、それを声で知らせるというプロットは、「メリーさんの人形」や「リカちゃん電話」といった都市伝説（拙著『怖すぎる話』参照）に近いものを感じます。メリーさんやリカちゃんはその日のうちにさっとやってくるわけですから、十三段はさしずめ気の長いメリーさんの人形といったところでしょうか。

こういったタイプの話は意外と古くからあり、例えばイギリスの民話である「エミリーの赤い手袋」では、魔法使いとの約束を破ってしまったエミリーのもとに、「エミリー、ほうら一段のぼったぞ」、「エミリー、ほうら二段めだ」と階段を上った段数を告げながら迫り来る魔法使いの様子が描写されています。

なにか恐ろしい存在が、少しずつ近づいてくるという話の展開は手軽に怪談を盛り上げることができますから、おそらくはそれで古くよりさまざまな話に取り入れられているのでしょう。

第29夜

まっかっかさん

雨の中を、小学生の女の子がお気に入りの真っ赤な傘をさしながら歩いていた。

ふと見ると、道の向かい側から同じような赤い傘をさした子どもが歩いてくる。見れば、それは赤い傘に赤いレインコート、足には赤い長靴という、身につけているものがなにもかも真っ赤な男の子であった。

男の子で赤い傘というのは珍しい。そんなことを考えながら少女がその子を見ていると、向こうもその視線に気づいたのか、傘の下からしきりと彼女の様子をうかがいはじめた。

彼はなぜか彼女の赤い傘のことが気になっているようで、なにやらじっと見つめている。彼女はなんとはなく薄気味悪いものを感じ、足早にその場を通り過ぎていった。

それからしばらくして、同級生たちの話でわかったことだが、あの雨の日に現れた真っ赤な子どもは、「まっかっかさん」という名の妖怪であるらしい。まっかっかさんは、雨の日になると、身に着けるものがなにもかも真っ赤という格好で町をさ迷い歩く。

もし、まっかっかさんを見てしまえば、その人は死んでしまう。ただし、なにか赤いものを身につけていれば、命は助かるのだそうだ。

彼女はお気に入りの赤い傘のおかげで命拾いしたのである。

解説

まっかっかさんは雨の日に現れる、全身赤ずくめの子どもです。この話にあるように、まっかっかさんを見た人は死んでしまうといわれていますが、赤いものを身につけていれば助かります。赤いちゃんちゃんこや怪人赤マントなどのように、赤という色は怪談に頻繁に現れていますが、これはおそらく赤が血を連想させる色だからなのでしょう。

見るとなにか悪いことが起きるというのは物忌み的な発想で、伝統的な怪談にはこういった特徴を持つ話がいくつか見られます。例えば、北陸には毎年四月二十四日に九十九橋の上を首なし武者の行列が通り、その行列を見た人は死んでしまうという伝説が伝わっています。これは一五八三年四月二十四日に北の庄で自刃した柴田勝家の亡霊といわれています。

まっかっかさんの場合、こういった出現を説明する由来話がなにもなく、ただ見たら死ぬとだけされている点がいかにも現代的ではあります。

第30夜

手振り地蔵

「なあ、こんな話を知っているか?」

六甲のハイウェイを走る車の中で、若い男が口を開いた。

「この道の先に、手振り地蔵と呼ばれているお地蔵様が置かれているんだ」

「手振り地蔵?」

運転席からの問いかけに、彼はこう答えた。

「そう。その地蔵は夜中に車が近づくと、ゆっくりと車に向かって手を振るんだ。だから、手振り地蔵。この地蔵の手がバイバイとやるように横に振られていたら、なにも問題はない。ところが、たまに地蔵の手が、こう『おいで、おいで』と手招きするように振られることがある。この手招きを見てしまうと、必ずその車は事故を起こしてしまうんだ」

「へぇー、でも、俺はそんなのは信じられないね」

そんなことを話しているうちに、車は問題の手振り地蔵の前までやってきた。

暗闇の中、ヘッドライトに照らされた地蔵の姿が浮かび上がる。

すると、その手はまるで手招きをするかのように、はっきりと縦に振られていたのだ。

その瞬間、なぜか車のハンドルがまったく効かなくなった。

驚いた運転席の若者は、急いでブレーキをかけようとしたのだが、こちらもなぜかまったく反応がない。

そのまま若者たちを乗せた車は、吸い込まれるかのようにガードレールに激突した。

乗っていた若者たちは、即死だったという。

解説

手振り地蔵はかつて六甲に実在していました。ただし、その正体は女の子のブロンズ像で、なぜか「手振り地蔵」と呼ばれていたものの、本物のお地蔵さんではありません。

手振り地蔵は暗闇の中、ヘッドライトで照らされると本当に手を横に振ってみえたそうです。ただし、これは実際に動いていたのはヘッドライトの明かりなのに、目の錯覚で照らされている少女の手のほうが振られているように見えるというだけのことだったようです。もちろん、縦に振られると事故が起きるという部分の話は、単なる噂でしょう。

なお、手振り地蔵と呼ばれた少女のブロンズ像は、一九九五年に起きた阪神・淡路大震災によって倒壊してしまいました。そのため、今では手振り地蔵の姿を見ることはできません。

第31夜

渋谷のタケシ君

渋谷の街のある場所には、「タケシ君の像」と呼ばれている幼い少年の像が建っている。だが、この像のことはあまり知られていないし、どんな由来で建てられたのかもすでに忘れられてしまっている。

ある日のこと、母親に連れられて小さな男の子が渋谷にやってきた。ところが、母親はそこで偶然知り合いとばったり出会い、立ち話をはじめてしまったのだ。

暇になった男の子は、近くに建つ少年の像に興味を抱いた。像の台座には銘があり、そこには「タケシ」という名が記されている。他にもなにか文が書かれているようではあるが、それはまだ男の子には読めない。

男の子は暇つぶしにその像の周りをぐるぐると回りながら、こう「タケシ君」に呼びかけた。

「ねえ、ひまなんだ。タケシくん、いっしょに遊ぼうよ。タケシくーん、いっしょに遊ぼう」

しかし、もちろん像はなにも返事をしないでただ立っているだけである。

だが、男の子は、この像にまつわるある不気味な噂話を知らなかったのだ。

渋谷のタケシ君の像に向かってその名前を呼びかけると、夜中にタケシ君がやってくるという噂を……。

やがて母親が話を切り上げたため、男の子は母に手を引かれてその場から立ち去っていった。

その日の夜のことだ。男の子が眠っていると、夢の中に昼間のタケシ君にそっくりの少年が現れた。

「ねえ、いっしょに遊ぼうよ」

「あ、タケシくんだ。きみ、タケシくんでしょ？　うん、いっしょに遊ぼう」

タケシ君はにこにこと微笑みながら男の子の手を引き、彼をどこかへ連れ出した。

そして男の子はタケシ君に誘われるまま、夢の中で一緒に遊びはじめた……。

翌朝。母親が男の子を起こしに来ると、部屋の中には誰もいなかった。それ以来、その男の子は行方不明になっている。

解説

まず基本的なこととして、渋谷にタケシ君の像などというものは存在しません。

怪談研究家の広坂朋信氏は、以前川崎の緑ヶ丘霊園に実在していたサトシ君の像にまつわる怪談が、この渋谷のタケシ君の元ネタなのではないかと分析しています。サトシ君の像とは、霊園の外れの池で溺れて亡くなったサトシ君という子どものご両親が、慰霊塔として建立したもので、像の台座にはご両親からのサトシ君への呼びかけの言葉が刻まれていました。そして、この言葉を声に出して読んでしまうと、夜中にサトシ君が現れるという噂が、この霊園の周辺ではまことしやかにささやかれていたそうです。

サトシ君の像は、現在は撤去されていてもうありません。もしかしたら、像という寄りどころを失った怪談が一人歩きをはじめて、渋谷という一般性の高い街に移り住んでいったということなのかもしれません。

第32夜

ケサランパサラン

ケサランパサランは東北地方を中心に生息している謎の生物で、その存在は江戸時代にはすでに確認されていた。

その姿は〝白いマリモのよう〟と形容されており、不意に空中から舞い降りて姿を現し、おしろいの粉を食べることで増殖する。

ケサランパサランは、タンスの奥にしまっておくと、その家に幸福をもたらすといわれている。そのため東北地方の旧家などでは、娘が嫁に出るときにはこのケサランパサランを母から娘へと小分けする風習がある（ただしケサランパサランは他人に見せるとその効力を失うため、この小分けは秘密裏に行われるので、他の地域の人間にはあまり知られていないようだ）。

また、別の説によると、ケサランパサランはなんでも願い事をかなえてくれる力があるのだが、一つの願いをかなえるたびに一匹ずつ消えていってしまうのだという。

近年では一九七〇年代後半に、ケサランパサランを飼うことが全国でブームとなったこともある。

ケサランパサランは人間に幸をもたらす、良き存在なのだ。

解説

これまで述べてきたような現代妖怪たちとは異なり、ケサランパサランと呼ばれているものは実在しています。それはふわふわとした白い毛の生えた物体で〝福が訪れる〟という伝説のため、大事に保管している方も多いようです。

では、このケサランパサランの正体はなんなのでしょうか。これに関してはさまざまな仮説があります。ある説ではその正体はタカやワシなどの猛禽類に捕食されたウサギの毛で、毛玉となって糞と一緒に排泄されたものだとされています。別の説では風で飛散した植物の花の冠毛がその正体ともされており、ケサランパサランが天から降ってくると言われているのはそのせいだといいます。また、その他にもおしろいで増殖すると言われることから、カビ説も唱えられています。

では、これらの仮説のうちどれが正解なのかというと……おそらく、このすべてが正解なのでしょう。要するに、昔から白くてふわふわの毛がはえた謎の物体であれば、それがなんであれケサランパサランと呼ばれていたというのが真相なのです。

第33夜

指輪泥棒

ある女性が東南アジアを旅行していたときのことだ。ホテルのフロント係が、彼女の指にはめてある大きな指輪に気づき、こう声をかけた。

「お客様、このあたりでは最近、観光客を狙った泥棒が出没しているようです。そのような目立つ指輪をされていますと、泥棒に狙われやすくなります。失礼ですが、この町にいるあいだは指輪を外して、どこかにしっかりと隠しておかれたほうがよろしいかと思いますよ」

「あら、そうなの。気をつけるようにするわ」

しかし、そう返事をしたものの、彼女は自慢の指輪を外すつもりはまったくなかった。

だが、この忠告を無視した代償は、高くついた。

そのあと彼女はホテルを出ると町の中を観光してまわった。もちろん、指輪はつけたままだ。

しばらく歩いていると、向かい側から歩いてきた一人の若い男が、突然彼女の腕をつかんだ。男のもう一方の手には、大きな工業用のカッターが握られている。

そして男は、手馴れたしぐさでカッターを使い彼女の指を切断すると、彼女の指輪を指ごと持ち去ってしまった。

解説

　この話の類話には、手首ごと切断されるというものもあります。アメリカやヨーロッパにもこれと似た伝説がありますが、あちらの国の物語では焦点を当てられるのは被害者ではなく、指輪を奪った犯罪者のほうになっています。彼らはバスや電車の中でうっかり指輪をはめた血まみれの指や手首を落としてしまい、それで周囲の人に恐ろしい犯罪が発覚するのです。

　アメリカの都市伝説研究の第一人者であるJ・H・ブルンヴァンは、この話のルーツが「ミスター・フォックス」という古い民話にあるのではないかと分析しています。ミスター・フォックスとは、恐ろしい犯罪者であるフォックス氏が、指輪を奪うために殺した女の手を切断したところ、勢いが強すぎたためかその手が宙を飛んでフォックス氏の犯行を影で目撃していた許婚の女性の手に渡り、それが証拠となって犯罪が発覚するという筋立ての話です。たしかに、アメリカ版やヨーロッパ版の伝説では、指や手首による犯罪の発覚が大きなポイントとなっていますので、この民話との繋がりがあるのかもしれません。

第34夜 いつも君を見ている

その電話は、ある若い女性の携帯に突然かかってきた。

「僕は君のことをいつも見ているんだよ」

電話の相手は自分の名も告げずに、彼女に向かっていきなりこう切り出した。

相手の男の声に、彼女はまったく心当たりはない。それから男は彼女の一日の行動を観察していたといってその様子を詳細に語りはじめたのだが、その内容は彼女の実際の一日の行動にはなにひとつ当てはまらなかった。

変ないたずらをするやつがいるな。そう思った彼女は無言で電話を切った。

その翌日の夜にも同じ相手から電話がかかってきた。男はまたも一方的に彼女の今日一日の行動と称したものを語りはじめたのだが、やはりその内容は彼女の実際の行動にはまったく当てはまらない。どうやら彼女のことを、誰か別の人とカンちがいしているようだ。また同じように彼女は無言で電話を切った。

次の日も、そのまた次の日も男からの電話はかかってくる。いいかげんうっとうしくなった彼女は、男に向かってこう言い放った。

「いいかげんにしてください！　私はあなたが狙っている人じゃありませんよ！」

その日以来、男からの電話はかかってこなくなった。

それからしばらくたったある日。彼女がこの電話の一件をすっかり忘れかけていたころになって、またもやあの男から電話がかかってきた。ただ、今度はいつもと少し様子がちがう。

「この前は本当にごめんなさい」

そう言って男は彼女に謝罪した。男の話によると、やはり彼女が思ったとおり、彼は番号をまちがえて電話をしていたのだ。あるいは彼に電話をかけられたくなかったどこかの女性が、でたらめの番号を教えたのかもしれない。

だが、彼女にとってはそんなことはどうでもいい問題だ。彼女は一刻も早くこのストーカー男との話を打ちきり、電話を切ってしまいたかった。

しかし、次に男が話しだしたことを聞くと彼女はその場に凍りつき、それができなくなってしまった。男は彼女のその日一日の行動を見ていたと言って、その様子を詳細に語りだしたのだ。その話の内容は、実際の彼女の行動にピタリと一致するものであった。

「だから言っただろ」

男は楽しそうに彼女に言った。

「僕は君のことをいつも見ているんだよ。ひひひひひ……」

解説

ストーカーという言葉が世間に浸透し、社会問題として大きく扱われはじめたころから、都市伝説の世界でも数多くのストーカーが活躍するようになりました。これも、そういったタイプの話の一つです。

いったいこのストーカーはどうやって彼女のことを調べたのか、そしてなぜあっさり彼女にターゲットを切り替えてしまったのか……。謎は尽きませんが、「ストーカーだから」と言われると、なんとなく納得してしまうような気もします。

その意味ではこの話は、ストーカーというものに対する世間のイメージを、最大限に利用しているといえるでしょう。このイメージの利用のしやすさが、近年にストーカーをあつかった多くの都市伝説を生み出す要因なのかもしれません。

第35夜

白い服の女

数人の若者たちを乗せた車が山道をドライブしていると、前方に白い寝巻きのような服を着た女が歩いているのが見えた。

若者たちが車を停め、女に話しかけてみると、ふもとの町へ向かっているところだという。しかし、もう時間はかなり遅いし、ふもとまではまだだいぶ距離がある。若者たちは親切心から女性を車に乗せ、町まで送っていくことにした。

ところが、女を乗せてからというもの、どうも車内の空気がおかしい。なぜかはわからないが、雰囲気がだんだんと重くなり、誰一人として口を開こうとしない。さらには、なぜだかみんなの体調もどんどん悪くなっていった。

そのうち、車内の若者の一人が口から泡を吐いて失神し、別の一人が狂ったように叫びはじめた。運転席の若者も、精神の不調からこれ以上運転を続けることができなくなり、突然、車を放棄すると一人車外へと逃げ出した。

しばらくして、落ち着いた彼が車に戻ってみると、白い服の女はいつの間にか姿を消していた。車に取り残された彼の仲間たちは、完全に発狂していた。

解説

この話にも多数の類話が存在していますが、そのすべてにおいて白い服の女の正体を「精神病院から脱走した患者」としている点では一致しています。そのため、話の中で女を拾った場所が精神病院の近くとされていたり、噂の流れている地域にある実在の精神病院のそばで起きた出来事だと名指しされていたりする場合もあります。女が常に白い服という姿で描写されるのも、病院の寝巻きのイメージからなのでしょう。

かつて日本では、「狂気は伝染する」という迷信が信じられていました。実際、感応精神病という妄想観念や異常行動が親しいものに転移されることによって起こる精神疾患は存在しますが、この話のように空気感染でもするかのように精神病が移ることなどありえません。この伝説はこういった古い迷信と、精神病患者への偏見から誕生した話なのでしょう。この話がメディアなどでほとんど取り上げられることがないのも、こういった根の部分にある差別的な発想のせいなのかもしれません。

第36夜 ひとさらいの道化師

一九八〇年代のアメリカでのことだ。

この当時、ニュージャージー州の街中を、窓にブラインドを下ろした怪しげな黒いバンが徘徊《はいかい》していた。

バンは子どもを見つけるとこっそりと近づき、ドアを開ける。すると中から道化姿の男たちが飛び出し、子どもを捕まえるとバンの中に押し込み、そのまま連れ去ってしまうのである。

道化師たちは剣や銃、ときにはマシンガンで武装しており、逃げ出そうとした子どもに対して発砲してきたこともある。

彼らの姿はコロラド州やアリゾナ州、ペンシルヴァニア州などでも目撃されており、どうやら子どもたちをさらうためにアメリカ中を移動してまわっているようだ。

謎の道化の集団は、今でもアメリカのどこかで、子どもたちを狙っているのかもしれない。

解説

一九八〇年代にアメリカの各地で広まったひとさらいの道化の噂は、主に当時の子どもたちのあいだで熱心に語られていました。中には実際に道化の姿を目撃したと主張する子どもも現れましたが、このような道化の姿を大人が目撃したケースは一度もなく、警察も単なる噂としてこの話を処理しています。

子どもたちのあいだで、一種のパニックとともに広まっていったこの噂は、日本でいえば口裂け女騒動にあたりそうです。口裂け女は後にこそ百メートルを三秒で走る妖怪と化していきましたが、噂の当初はリアリティのある異形の変質者として語られていました。

アメリカの道化たちは、子どもをさらう集団というリアルな恐怖感を備えながら、道化姿に扮していることにより、かなりの異形さをもかもしだしています。

おそらく、徘徊する異形の怪人とは、時代や国、文化を超えて子どもたちを襲う共通した恐怖のイメージなのでしょう。

第37夜

タイ料理の蜘蛛

タイ旅行に出かけたある男性が、どうせならみんなとはちがうものが食べてみたいと思い、現地の人がよく利用する小さな店にふらりと入っていった。

だが、観光客相手ではない店だけあってメニューはすべてタイ語で書かれていて、なにを注文したらよいかわからない。そこで彼は適当にメニューを指さして、なにかわからないまま注文することにした。

しばらくして運ばれてきたのは、レタスのような葉っぱに包まれたサラダのような料理。

さあ食べようと思いふと料理を見ると、レタスの上に一匹の小さな蜘蛛《くも》がとまっている。男性は少し嫌な気分になったが、こういうところもまた現地の人の利用する店らしくていいかと思いなおし、蜘蛛をつまみ取ると床下に捨てた。

そして気を取りなおし、さあ料理を食べようとそのレタスを開いてみると……包まれたレタスの中には、今のと同じ小さな蜘蛛がびっしりと詰まっていた。

解説

これはゲテモノ食いに関する伝説のひとつですが、ファーストフードチェーン店の食材にミミズが使われているという「ミミズバーガー」のようなポピュラーなタイプの伝説とは異なり、店側に隠す気もゲテモノという気もないという点で、少し変わったタイプの話であるといえます。

もちろん、なにをゲテモノと考えるかはそれぞれの国の食習慣によって異なりますし、蜘蛛や虫を普通に食べる国や地域が存在しているのも事実です。

しかしながら、この話の場合は起承転結がはっきりしており、さらに最後の発見に向けての伏線として、最初に小さな蜘蛛を見つけて、それを事故だと思い取り除くという展開上の工夫が見られますので、やはりこの話は事実というよりは伝説であると思われます。

第38夜 スガキヤの蛇

「スガキヤ」は、名古屋を中心として多数の店舗を展開する安いラーメンのチェーン店である。値段は一杯二百七十円（地域によっては二百八十円）。そのスープの色は独特の白濁色をしており、なにからダシをとっているかは企業秘密である。

しかし、安い価格設定でわかるように、その材料に高級な食材を使うことはできない。スガキヤは材料費を抑えながらもおいしいスープを作るために日夜研究を重ね、普通は考えつかないようなある動物から、安くて旨いダシをとることに成功したのだ。

ある日のこと、若い男の客がスガキヤに入り、ラーメンを注文した。やがてラーメンが運ばれてくると、彼は白濁色のスープに箸を入れてラーメンをつまみあげた。すると、箸はラーメンと一緒になにか不気味な色をした物体をどんぶりから引っ張りあげてきたのだ。それは驚くべきことに、蛇の頭であった。

解説

もちろん、この話は単なるデマです。似たような噂で、「どこそこのラーメン屋のスープは猫をダシに使っている」というような話が昔からありましたので、おそらくスガキヤの噂も、こういった昔ながらの話が変形して生まれたものなのでしょう。

ところで、蛇といえば、大正時代には「味の素の原料は蛇を粉にしたものだ」という噂が流れたことがありました。また猫にしても、安い定食屋が食材として猫を使っているという噂が戦後間もないころに流れていましたし、それを受けて、ファーストフードチェーン店のハンバーガーの材料は猫だなどという噂も生まれています。

味の素、ハンバーガー、ラーメンなど、噂される食品は時代によって移り変わってきましたが、蛇や猫などの「入っているとしたら嫌なもの」は時代に左右されません。そのため食品系の都市伝説では、噂される原料に同じものが使いまわされているようです。

第39夜

手首ラーメン

あるところに旨いと評判の人気のラーメン屋があった。雑誌などにも取り上げられ、大いに繁盛している。味の秘密はどうやらスープにあるようだが、店主は絶対になにからダシをとっているのかを明かしてくれなかった。

ある日の深夜、このラーメン屋に若い男の客が訪れた。店内にはもう、他に客はいない。店主は彼に注文のラーメンをだすと、店じまいの支度をはじめた。

「お客さん、どこからこられたんです？　ほう、それは遠いですね。わざわざありがとうございます。お一人でこられたのですか？」

そんなことを話しながら、店主は彼の背後にそっとまわりこんだ。彼はラーメンを食べるのに夢中で、それに気づかない。不気味な笑みを浮かべる店主の手には、鋭い包丁が握られていた……。

翌日も、このラーメン屋は大繁盛であった。客たちが旨い旨いといって食べるラーメンのダシをとるための大鍋の中では、昨晩の客がぐつぐつと煮られていた。

解説

一九七八年に、ある暴力団の幹部が内部抗争により刺殺され、死体がバラバラにされて埋められるという事件がありました。このとき、指紋から身元が判明することを恐れた犯人は、子分の仲間がやっている屋台ラーメンを利用することを思いつきました。被害者の手首は指紋を消すために、ラーメンのダシを取るための鍋で一晩中煮続けられました。これが俗に、「手首ラーメン」と呼ばれている実際に起きた事件のあらましです。

じつは犯人グループは手首を煮込んだだけで、それをダシにしてラーメンを作ったりはしなかったのですが、第一報で「このダシを使ったラーメンが販売された」という誤報が流されたため、これをきっかけに「この手首ラーメンは旨い旨いと大評判だった」というような噂が一人歩きをはじめました。その後、手首でダシをとるラーメン屋の噂は完全に都市伝説化し、やがてはこの話のような大袈裟なものへと変化していったのです。

第40夜 格安の車

車を探していたある男が、中古車ディーラーで信じられないほど安い車を見つけた。試乗してみると、若干足まわりが重い気がするのだが、それでも安い値段は魅力的だった。散々迷った末に、結局、彼はその車を購入した。

それからしばらく、彼は車を乗りまわしていたのだが、やはりどうしても足まわりが気になる。そこで休日を利用し、車のタイヤを外して様子を見てみることにした。

すると、タイヤの奥のほうに、なにか黒い糸のようなものが大量に絡まっているのが見えた。

彼が引き剥《は》がすと、それは血まみれの長い黒髪であった。
彼の買った中古車は、ひき逃げをした犯人によって処分された事故車だったのだ。

解説

格安の中古車、特に事故車にまつわる伝説は多いのですが、その主流となっているのは呪いの車の話です。これは以前に事故を起こした車が中古車として出まわっているものの、買い手がついてもすぐに次の持ち主が事故に遭うということが続き、今では買い手がつかず驚くほどの安さで中古車市場をまわっているというパターンの話です。

それに対し、こちらの話では呪い云々という要素はまったくなく、足まわりの重さも物理的な理由によって起こっています。ただし、その原因が「血まみれの黒髪」ということで、普通の呪い系の話よりもある意味不気味な結末かもしれません。

誰しもあまりにも安い車を見れば、なにか理由があるのではないかと考えてしまうものです。こういう伝説がささやかれるのも、そういった人間心理によるところが大きいのでしょう。

第41夜

戻ってくる死体

雪山で二人組の登山者が遭難してしまった。

彼らはなんとか山小屋まで避難することができたのだが、外では雪が強く吹き荒れており、救助は当分やって来そうにない。さらに、雪中の無理な行軍がたたったのか、彼らのうちの一人が高熱を出して倒れ、見る間に衰弱《すいじゃく》して死んでしまったのである。

残された男は仲間の死を悼《いた》んだ。そしてそれ以上に、雪山に一人取り残された恐怖に震えた。彼が生きてさえいてくれれば、ここまで心細くなることもなかっただろうし、救助にも希望がもてたかもしれない。

しかし今の彼には、仲間の死体が近い将来の自分の姿に見えてしかたがなかった。

「頼む、俺を一人にしないでくれ！　生き返ってくれ！」

男は小屋の中で絶叫した。

もちろん、そんなことをしても仲間は息を吹き返してはくれない。

彼は小屋の外に穴を掘るとそこに仲間の死体を埋め、一人救助を待つことにした。


翌朝のことだ。

彼が目を覚まし、伸びをすると、手が隣にあるなにか冷たいものに触れた。いぶかしく思った彼が、そちらを向いて見ると、彼の隣には小屋の外に埋めたはずの仲間の死体が横たわっていた。

驚いた彼は、もう一度小屋の外へ出て、再び仲間の死体を埋葬した。

ところが、翌朝になると、またもや死体は彼の隣に戻り、目を見開いたまま黙って横たわっているのである。

死体は氷のように冷たく、生きているはずはない。

彼は恐怖に震えながらもう一度仲間の死体を小屋の外へ埋め、荷物の中にあったビデオカメラを小屋の入り口に仕かけて、いったい夜中になにが起こっているのかをたしかめてみることにした。

翌朝、晴れ渡る空の中をヘリコプターに乗った救助隊員たちが現れ、小屋の中で、またしても帰ってきた死体の隣で震えている男を救助した。

隊員たちが持ち帰ったビデオには、山小屋の外で地面を掘り返し、小屋の中に仲間の死体を引きずり込もうとする彼自身の姿がはっきりと映し出されていた。

解説

すでに都市伝説化して久しいこの話ですが、そもそもの元ネタはS・Hアダムズの『テーブルを前にした死骸』というアメリカの怪奇小説です。ただし、S・Hアダムズは小説の冒頭で、この話を「アディロンダック地方の民話のひとつ」として紹介していますので、あるいはこの小説にも、さらなる元ネタがあったのかもしれません。

もし、この話がもともとは民話であったのだとしたら、それが再び現代の民話である都市伝説に還元されていくというのも、自然な流れといえるでしょう。

なお、真相を解き明かすのにカメラが使われるという展開は、一九九一年にフジテレビ系列のドラマ「世にも奇妙な物語」で放送された「歩く死体」という話（基本的なプロットは『テーブルを前にした死骸』とそっくり同じです）に出てきたものですので、都市伝説化に際してはそちらからの影響も強かったのかもしれません。

第42夜 人面犬

一台のトラックが東名高速を東京方面に向かって走っていた。

運転手がふとバックミラーをのぞくと、柴犬くらいの大きさの犬が追い越し車線を猛スピードで走ってくるのが見える。犬は見る間にトラックに追いつき、瞬く間に追い抜いていった。

あっけにとられた運転手が犬の後姿を見つめていると、突然その犬が振り返り、ニヤリと笑った。その犬の顔は、人間にそっくりであった。

あまりのことに驚いた運転手はハンドルを切りそこね、事故を起こしてしまったそうだ。

また、それからしばらくたった、別のある日のこと。

東京のとあるレストランで、裏口のゴミ箱をあさる犬がいた。犬に気づいたレストランの従業員が「シッシッ」と追い払おうとすると、その犬は突然従業員のほうを振り返り「ほっといてくれ！」と喋った。

その犬の顔もまた、人間そっくりだったという。

解説

人面犬とは人の顔をした、人語を喋る犬です。人面犬の噂は一九八九年から一九九〇年にかけて、マスメディアを通じて爆発的に広まりました。その正体は自動車事故で死んだ犬（もしくは人）の霊とも、遺伝子操作で生み出された実験動物ともいわれており、変わったところでは、ある特別な犬に噛まれると人面犬になるのだなどとも噂されています。

じつは、この人面犬騒動には仕かけ人がいます。それは、フリーライターの石丸元章氏です。『Quick Japan 創刊準備号』に掲載された同氏による暴露記事によると、彼は当時担当していた『ポップティーン』の読者投稿欄を使い、架空の投稿によって人面犬の噂をでっちあげたのだそうです。

架空の人面犬の噂は同誌に三か月にわたって大きく掲載され、マスコミなどの注目も集めました。その結果、人面犬は作者の手を離れ、「目撃した」と実際に主張する子どもたちまでをも生み出しながら、大きく広まっていったのです。

第43夜 赤いちゃんちゃんこ

ある女子高のトイレで妙な噂が立ちはじめた。

そのトイレのいちばん奥の個室に入ると、どこからか「赤いちゃんちゃんこ着せましょか？」という声が聞こえてくるというのだ。あまりに多くの生徒がその声を聞いたというので、学校は変質者の仕業《しわざ》かも知れないと考え、警察に捜査を依頼した。

場所が女子トイレであるため、まずは婦人警官が一人で中に入り様子を見てみることにした。彼女がいちばん奥の個室に入りドアを閉めると、噂どおりどこからか「赤いちゃんちゃんこ着せましょか？」という声が聞こえてくる。

トイレの中には誰もいなかったはずだし、入り口は他の警官が見張っている。

いったいどこに隠れているのだろう?

彼女は気の強い性格であったため、不思議に思いながらも堂々とこう答えた。

「着せられるものなら、着せてみなさい!」

すると次の瞬間、トイレの中に彼女の悲鳴がこだました。入り口で見張っていた警官があわててトイレに飛び込んでみると、彼女はいちばん奥のトイレの個室で、なにものかに喉を切り裂かれて血まみれになって死んでいた。

彼女の首から流れ出た血は、彼女の上半身を真っ赤に染め、まるで赤いちゃんちゃんこを着ているかのように見えたという。

解説

この話は「赤いマント」や「赤い半てん」という名で呼ばれることもあり、特に「赤い半てん」の場合は、切られたときに飛んだ血が、壁に点々と〝斑点〟のようにこびりつくというオチに変化します。

この「赤いちゃんちゃんこ」とよく似た話としては、「赤い紙、青い紙」というものもあります。これはトイレに入ると「赤い紙と青い紙、どっちがいい？」と突然質問されるというもので、ここで「赤い紙」と答えると刃物で切り裂かれ出血により真っ赤になって死に、青い紙と答えると首を締められ真っ青になって死にます。「赤い紙、青い紙」の噂は戦前から存在する古い話であり、しかも戦前の類話には紙ではなく、「赤いマント、青いマント」と尋ねてくるものまであります。

おそらく、ここから出血による死という部分を抜き出して派生した話が、現代の「赤いちゃんちゃんこ」であり、「赤いマント」なのでしょう。

第44夜

怪人赤マント

戦争の影が近づいていた昭和十一年ごろのことだ。

小学生の男の子が、学校からの帰り道を歩いていると、電信柱の影に隠れるようにして、赤いマントをまとった不審な男が立っているのを発見した。

赤いマントの男は、少年に気づいたのかゆっくりとこちらに近づいてくる。

男の子は恐怖を感じ、今来た道を走って逃げ出した。

すると、その赤いマント姿の男は、〝オリンピック選手並み〟の信じられないような俊足で男の子を追いかけてくるのだ。

少年は、あっという間に赤マントの怪人に捕まってしまった。

この赤マント姿の男は、子どもを捕らえてはその生き血をすする恐ろしい吸血鬼であるらしい。このころの東京には赤マントの犠牲者がかなり多くでており、警察や軍隊までが犠牲者の死体の処理に当たっていたという。

解説

戦前の赤マントといえば、先に紹介した「赤いちゃんちゃんこ」の類話ではなく、こちらの怪人赤マントのほうが主流でした。怪人赤マントの中にはトイレに出没するといわれているものもいましたので、そこで「赤い紙、青い紙」と結びついて先の「赤いマント、青いマント」の話が生まれ、現在の「赤いちゃんちゃんこ」へと繋がっていった可能性もあります。

怪人赤マントの噂が最初に東京に現れたのは、二二六事件の起きた昭和十一年ごろのことです。二二六事件とは陸軍の青年将校によるクーデター未遂事件であり、首相官邸や警視庁などが反乱軍によって襲撃され、当時の大蔵大臣や内大臣などの閣僚が殺害されました。

赤マントに対して軍隊や警察が出動したというあたりの噂は、二二六事件当時の戒厳令下の東京を思わせ興味深いところです。あるいは、赤マントの噂の成立には、マントを羽織った当時の青年将校たちの姿が影響を与えているのかもしれません。

第45夜 あめふり

あめあめ　ふれふれ　かあさんが

こんな出だしではじまる童謡「あめふり」だが、じつはこの歌には恐ろしい秘密が隠されている。

この歌の三番を歌ってしまうと、その日の夜に幽霊が現れるというのだ。

「あめふり」の三番の歌詞は、次のようなものである。

あらあら　あのこは　ずぶぬれだ
やなぎの　ねかたで　ないている
ピッチピッチ　チャップチャップ　ランランラン

じつは、このずぶぬれになって泣いている「あのこ」とは、池で溺れ死んだ子どもの幽霊なのである。

だから、この歌が歌われると、霊は自分が呼ばれているとカンちがいして、歌っている人のもとにやってきてしまうのだ。

なお、歌の主人公である子どもは、このあとずぶぬれの子どもに傘をさしだし、母親の傘の中に入って帰っていく。

しかし、幼くして死んでしまったずぶぬれの子は、母親と仲むつまじく歩く主人公の子どもを妬《ねた》み、呪いをかけた。

歌の歌詞には描かれていないが、その後、主人公の子どもはどんどん衰弱し、汗でずぶぬれになりながら死んでしまったのだそうだ。

解説

「あめふり」は教科書などにも広く採用され、現在まで歌い継がれている童謡で、作詞は詩人の北原白秋、作曲は他に「しゃぼん玉」や「鞠と殿さま」などの作品がある中山晋平です。「あめふり」は大正十四年に、雑誌『子どもノクニ』で発表されました。もちろん、その当時はこの歌にこんな意味が隠されているなどという話はなく、幽霊の噂は近年急にささやかれだしたものです。

この歌を幽霊と結び付けていそうな部分といえば、「やなぎの　ねかた」という歌詞ぐらいでして、それも柳の下だから幽霊だというかなり安直な連想に過ぎません。

他に童謡の「サッちゃん」にもこの歌を歌うと幽霊が出るという噂があり、どうやら童謡を無理やり変に解釈し、怖い意味を引き出そうとするのは近年の流行ではあるようです。そのなかでも「あめふり」の解釈はかなり安易に作られた部類の怪談なのでしょう。

第46夜　こっくりさん

「こっくりさん」は日本においてもっとも有名な霊遊びである。子どものころ、実際にやったことがあるという方も多いと思う。

こっくりさんを行うには、まず鳥居《とりい》と五十音の文字、さらに「はい」「いいえ」などが書き込まれた紙と十円玉を用意する。

そして十円玉を鳥居の上に置き、数人（通常は三人）でその上に軽く指を乗せて、「こっくりさん、こっくりさん、いらっしゃいましたら、こちらへお越し下さい」という呪文を唱えるのだ。

こっくりさんの召還《しょうかん》に成功すると、誰も力を入れていないのに自然にすーっと十円玉が動き出し、紙に書かれた五十音の文字や、「はい」や「いいえ」などの文字を使って、どんな質問にも答えてくれるようになる。

ただし、気をつけねばならないのは、こっくりさんを送り返す前に、十円玉から指を離してしまったり、こっくりさんに対する無礼な態度をとったりしないことだ。

こっくりさんは「狐狗狸さん」と書き表すことからもわかるように、その正体は低級な動物霊の集合体である。

その霊の性質はかなり荒いため、怒らせると手がつけられず、こっくりさん遊びをしていた人たちに憑依《ひょうい》して悪さをはじめるのだ。

実際、こっくりさんで遊んでいて〝キツネ憑《つ》き〟となり、突然泣き出したり、暴れたりする人もいる。

なるべくなら、危険なこっくりさん遊びには手を出さないほうがいいだろう。

解説

こっくりさんの起源は、明治十七年ごろに日本に上陸した西洋の占い遊びであるテーブル・ターニングにあるといわれています。これは数人でテーブルを囲んで手を置き、霊を呼び出すというもので、霊が現れるとテーブルが傾いたり、回ったり、脚が床を叩いて音を出したりするといわれています。こっくりさんという名前も、もともとはテーブルがこっくりと傾く様をみて名づけられたもので、狐狗狸というのは単なる当て字です。

こっくりさんを行うと、自分の意思とは無関係にコインが動いているように感じますが、これは自己暗示による一種の催眠状態下で、腕の筋肉が無意識に動いている現象に過ぎません。つまり、質問者は知らず知らずのうちに自分で自分の問いに答えているだけなのです。

第4部

奇怪な噂

第47夜

真夜中の電話

ある日の深夜、ソウルで一人暮らしをしている若い女性のもとに電話がかかってきた。

「久しぶり！　私よ、わかる？」

彼女が受話器を握ると、明るい声が耳に飛び込んできた。

電話の相手は高校時代の同級生である。彼女は卒業と同時にソウルへ出てきたため、田舎に残った同級生たちとはもうずいぶんと長いあいだ会っていない。彼女は久しぶりの友人の声に喜び、しばらくのあいだ思い出話に花を咲かせてから電話を切った。

ところが、同級生からの電話は、その翌日もかかってきた。

やはり時間は昨日と同じ、真夜中である。彼女は少し不思議に思ったが、昨日話し忘れたことでもあったのかと思い、しばらくのあいだまた友人の話に付き合った。

だが、電話の話は昨日と同じ、とりとめもない思い出話ばかりである。

それ以後、次の日も、そのまた次の日も、彼女のもとには真夜中になると毎日欠かさずに電話がかかってくるようなった。

なぜ毎日思い出話に付き合わなくてはならないのだろう。最初のうちは喜んでいた彼女も、だんだんとこの真夜中の電話がうっとうしくなってきた。

そんな深夜の電話が二週間ばかり続いたあとのことだ。

その日は彼女の母校で、じつに久しぶりの同窓会が開かれることになっていた。

彼女はこれはいい機会だと考えた。同窓会に行けば、たぶんあの友人も来ているだろう。その席で、毎夜の電話は迷惑だからやめてくれとはっきり告げようと、そう決意したのである。

ところが、いざ同窓会に顔を出してみると、そこにはあの友人の姿が見えない。彼女は周囲の人に、あの子は来ていないのかと尋ねてみた。ところが、返ってきた答えを聞いた瞬間、彼女の頭は真っ白になってしまった。

「あれ、知らなかったんだ。彼女なら、二週間前に交通事故で亡くなったよ」

その日の深夜、彼女は電話の前で震えていた。今まで自分が毎日話していたのは、やはり幽霊だったのだろうか。いや、もしかしたら誰かのイタズラだったのかもしれない。そのことを確かめなければ……。

そのとき、いつものように電話のベルがけたたましく鳴り出した。

彼女はしばらくのあいだ固まっていたが、やがて勇気を出して受話器を握った。

電話に出たのは、いつもと変わらない死んだはずの友人の声だ。

「もしもし、あなた誰なの？　今どこにいるの？」

そんな彼女の問いかけに、友人はいつもの明るい調子のままこう答えた。

「今、あなたの後ろよ」

解説

　これは韓国に伝わる都市伝説です。しかし、オチで電話がかかってきて「あなたの後ろよ」と告げられるというタイプの話は、じつは日本にも存在します。日本の話では、人形を捨てた女の子のもとに「今から帰る」というような電話がかかってきます。そして、その後人形は「今、マンションの一階よ」「今、マンションの二階よ」などと自分の居場所を電話で報告し、最後の電話で恐怖に震える女の子に向かい、「今、あなたの後ろよ」と告げてくるのです。

　この話と韓国の伝説のあいだに、直接の繋がりがあるのかどうかはわかりません。ただ、韓国では学校の怪談でおなじみの「赤い紙、青い紙」の話が日本と同じようにさかんに語られていたり、一九九〇年代に口裂け女の噂が流れたりなど、日本と同一の怪談が多く存在しています。おそらく、両国のあいだには〝怪談による文化交流〟が存在するのでしょう。あるいはこの話も、そういった土壌の中で形成されていったものなのかもしれません。

第48夜

最後の肉

戦後間もないころの混乱期のドイツで、ある女性がベルリンの街を歩いていると、杖をつきながら歩く盲目の男性に出会った。

話を聞いてみると、彼は手紙をある場所に届けに行く途中なのだが、道に迷ってしまい困っているのだという。

手紙に書かれた住所を見せてもらうと、その場所はここからは方向がまったく逆で、まだだいぶ歩かないとたどり着けない場所である。

彼女がそのことを男に告げると、彼はなんとも絶望したような表情を見せて、言いにくそうに彼女に向かい、自分の代わりにこの手紙を届けてくれないかと頼み込んできた。

たしかに目の不自由な彼にとって、この手紙の届け先までたどり着くのはかなり大変であろう。

同情した彼女はこの申し出を快く引き受けることにした。

ところが、彼女がしばらく歩いてから振り返ると、さっきの男は杖もつかずにスタスタと歩き去っていったのだ。

あの男は、本当に目が見えないのだろうか？

不審に思った彼女は警察に立ち寄り、事情をすべて打ち明けた。

その後、警察が手紙の住所に踏み込んで住人を調べてみると、そこには大量の肉（おそらく、闇市で売るのが目的だろう）が蓄えられていた。

だが事件は、それだけでは終わらなかった。

驚くべきことに、男が蓄えていた肉は、すべて人間の肉だったのだ。

男に出会った女性が届けるはずだった手紙には、ただ一言こう書かれていた。

「これが今日お届けする最後の肉です」

解説

この話は第二次世界大戦後のドイツで流れた都市伝説です。ドイツでは一九一八年から一九二四年にかけてのあいだに、フリッツ・ハールマンという肉屋の男およそ五十人もの人間を殺してその肉を売りさばいていたというが実際に起こっていますので、こういった噂が流れやすい下地ができあがっていたのかもしれません。

ところで、日本の民話にもじつはこれと少し似た話があります。それは、沼を通りかかった若い男が女に呼び止められ、別の沼に住む女に手紙を渡してほしいと頼まれるという話で、この手紙にはやはり「この男を取って食え」というようなことが書かれているのです（なお、この文面は道中で出会う旅の僧などによって書き換えられ、男は助かります）。他にも配達人を殺すように指示する手紙はイギリスやドイツの民話などにも登場しており、意外とありふれたモチーフであるということがわかります。

この都市伝説は実際の人肉事件の記憶や戦後の混乱期といった限定された舞台を背景としていますが、話の核の部分は昔から多くの地域に存在する普遍的な物語なのです。

第49夜 モスクワのジャケット売り

モスクワでのことだ。

露店で衣類を眺めていた男が、そこで売られていた革製のジャケットに目をとめた。なかなか暖かそうだし、デザインも悪くない。しかも値段もお手ごろだ。男はこのジャケットを気に入り、その場で購入した。

男はそれから、毎日のようにこのお気に入りのジャケットを着るようになった。ところが、しばらくしてふとジャケットの裏地を見てみると、そこに小さく奇妙な模様が入っているのに気がついた。いったいなんの模様だろう、どこかで見たことがあるような気がするのだが、思い出せない。

しばらく考えているうちに、男はこれが何でできているかに気づいてしまった。この裏地にある模様は、刺青（タトゥー）にまちがいない。

男が買ったジャケットは、人間の革でできていたのである。

解説

この話はロシアの都市伝説です。ただ、人の皮をはいでジャケットを作るとなると、これはヒッチコック監督の「サイコ」のモデルにもなった、アメリカのエド・ゲインの事件を連想させます。

一九五七年、ウィスコンシン州の金物屋の女主人が失踪し、残された息子がその日に客としてきていた近くの小さな農場の経営者、エド・ゲイン（エドワード・ゲイン）を疑ったことから、この事件は発覚しました。警察がエドの農場に乗り込むと、そこには首を切られ、吊るされた女主人の死体と、その他多くの犠牲者から作られたと思われる人間の皮で張られた椅子や太鼓、頭蓋骨でできた食器、壁に飾られたデスマスクなどの異常な品々が発見されたのです。

また、エドは死体から剥いだ皮でベストを作り、それを好んで着ていました。この異常な事件は世界的に有名ですので、当然ロシアにも伝わっています。この都市伝説も、あるいはこの事件の影響を受けて生まれたものなのかもしれません。

第50夜

動く羽毛布団

オランダの地方都市に住む、あるご婦人が、なかなかよさそうな羽毛布団を格安の値段で手に入れた。

よい買い物ができたと喜んだ彼女は、その日の夜は早めに寝床に入り、羽毛布団のかけ心地を存分に味わった。

ところがその日の夜中、ふと彼女が目を覚ますと、なぜか羽毛布団が床にずり落ちている。不思議に思いながらも彼女は布団をかけなおし、また眠りについた。だが、翌朝に目覚めると、なぜかまたもや布団は床にずり落ちていた。

彼女は自分のあまりの寝相の悪さに驚きながらも、それほど深くは気にせずに布団をベッドにかけなおし、そのまま起床した。

しかし、その日の夜。

寝室に入ったときにまたもや布団が床に落ちているのを見つけると、さすがに彼女も不審に思った。なにしろそのあいだに、寝室に入った人間など一人もいないのだから。

意を決した彼女は布団の縫い目を解き、中を調べてみた。

すると、彼女の目に飛び込んできたのは、布団に詰められた羽に発生したおびただしい数のうじ虫の大群であった。

布団が何度もずり落ちていたのは、布団の中でうごめく何千匹ものうじ虫のせいだったのだ。

解説

羽毛布団の中で布団をずり落とすほどの数のうじ虫がうごめいていたとしたら、寝ている人は普通その不気味な感触に気づくはずです。そういった点がまったく問題にされないあたりを見ても、これはかなり怪しい話といえるでしょう。

なお、この話はヨーロッパ特有の伝説であり、アメリカでは同じタイプの話は確認されていません。「脱獄囚」や「なめられた手」のように、アメリカとヨーロッパでは同じ都市伝説が微妙に細部を変えて語られていることがよくあるのですが、この話の場合はそれが当てはまらないのです。アメリカの都市伝説研究家であるJ・H・ブルンヴァンによると、アメリカでは羽毛布団を使う習慣があまり一般的ではないので、それでこの伝説はアメリカには広がらなかったのではないかということです。

第51夜 犬に餌を

あるスイス人の夫婦が、ペットのプードルを連れて香港旅行を楽しんでいた。やがて一通りの観光を終え、ペコペコにお腹をすかせた二人は、近くにあった中華料理店に入った。

夫婦はウェイターに一通りの注文を終えると、ペットのプードルにもなにかを食べさせてやってほしいと頼んだ。ところが、その中国人のウェイターはどうも夫婦の言葉をあまり理解できていない様子である。

そこで二人が食べるようなゼスチャーを交えながら熱心に説明すると、どうにか通じたようで、ウェイターは犬を抱きかかえて調理場の奥へと入っていった。

それからしばらくして、さっきのウェイターが蓋のかぶせられた銀色の大皿を夫婦の前に持ってきた。こんな料理は注文した覚えはない。いったいなんだろう？　と不思議に思いながら二人が大皿の蓋を上げると、中にはこんがりとおいしそうに焼けた彼らのプードルが横たわっていた。

解説

中国の一部や韓国、ベトナムなど東アジアの多くの地域では昔から犬を食べる食文化が存在しています。しかし、欧米には動物愛護といった観点から、この風習に対してあまり良い感情を抱いていない人も多いようで、最近ではサッカーの日韓ワールドカップの際に、国際サッカー連盟が韓国にワールドカップ期間中は犬肉を食べないよう要請し、これに韓国側が反発するなどの文化的な衝突も招きました。

牛を食べるのがよくて、犬を食べるのはダメという理屈がどういった理論から導き出されたものなのかはわかりませんが、それはともかくとして、この伝説はこういった欧米人によって嫌われている東アジアの犬食文化の存在を前提に成立しています。ただし、犬料理には普通は食用に飼育された犬の肉が使われますので、この伝説のようなことはまず起こらないでしょう。

第52夜

手荷物検査

シカゴの空港で働いている手荷物検査員たちが、乗客の荷物である木箱の中で、一匹の犬が死んでいるのを見つけた。このことが客にばれれば、犬を死なせたと訴えられ裁判沙汰になるかもしれない。

厄介事を恐れた彼らは、あるごまかしによってこの問題を解決することを思いついた。近くのペットショップで外見がそっくりな犬を買い求め、死んだ犬の代わりに木箱に詰め込んだのである。

彼らは自分たちのアイディアに大満足すると、安心して荷物を送り出した。

　さて、この荷物の持ち主である老婦人は、手荷物の受け取りカウンターで、なかなか出てこない自分の荷物を辛抱強く待っていた。やがて、彼女の木箱がベルトコンベアーに乗って流れてくると、彼女はそれを地面に降ろし、木箱を空けて中身を確認した。

　ところが、彼女は木箱の中から元気な犬が飛び出してくるのを見ると、驚きのあまり気を失ってしまった。

　彼女は旅先で死んだ愛犬を、埋葬するために運んでいたのだ。

解説

この話の類話には次のようなものもあります。

ある日の夜、ある男が自分の飼い犬がなにか泥で汚れた塊のようなものを口にくわえているのを見つけた。それはよく見ると、隣の家で飼っているウサギだった。驚いた男は、自分のペットの罪を隠すためにウサギの死体を水でよく洗い、ドライヤーをかけて毛を乾かすと、隣の家のウサギ小屋にそっと戻しておいた。

翌朝になると、隣の家からなにか騒がしい声が聞こえてきた。男はなにくわぬ顔をして、隣家になにがあったのかを聞いてみた。すると、隣人の答えはこうだった。

「昨日、うちのウサギが死んだので裏庭にお墓を作って埋葬したんだけど、その死体が今朝になったら小屋に戻ってきていたんだ。しかも、土一ついていない姿で！」

この話や「犬に餌を」のように、日本にはあまり見られないペットに関する伝説が多いのも、欧米の都市伝説の特徴なのかもしれません。

第53夜
爆発した男

フロリダに住むある男性が、好物の豆料理をたらふく食べていた。

彼は少し食べ過ぎてしまったかなとも思ったのだが、なにしろ大好きな豆料理なのだから大満足である。

そして、食後の一服とばかりにタバコを吸いはじめた途端……突如彼の体は大音響とともに爆発し、あたり一面は火の海に包まれた。もちろん、男性は即死であった。

豆に含まれている合成糖は消化液では分解できないため、大腸にそのまま送られて微生物により分解される。このとき、大腸には微生物の活動の結果として、おならの元となる大量の腸内ガスが発生する。

つまり、この男性は豆の大量摂取によって腸内に発生した膨大なおならにタバコの火が引火したため、爆発してしまったのである。

解説

アメリカには昔から、「生米を食べた鳥は破裂する」という迷信が存在しています。これは生米が鳥の消化器官に入ると発酵によりガスが発生し、これが鳥の胃袋を膨張させて体ごと破裂させるのだという理論に基づいているのですが、もちろん実際には多くの鳥は普通に生米を消化することができますし、このようなことは起こりません。

また、ポップロックスという口の中に入れるとはじけるキャンディーを飲み込んだのち、炭酸飲料を胃の中に流し込むと、両者が反応を起こして爆発し死んでしまうという都市伝説も有名で、一九七〇年代ごろより全米で広く語られています。

つまり、アメリカではなにかが体内で爆発を起こすという発想はわりと一般的で、比較的話に取り上げられやすい題材なのです。この伝説もおそらくは、こういった話の延長線上に生まれたものなのでしょう。

第54夜 八甲田山伝説

ある日の深夜、カップルを乗せた車が青森県の八甲田山でドライブを楽しんでいた。途中、彼女がトイレに行きたくなったというので、二人を乗せた車は休憩のために銅像茶屋に立ち寄った。

銅像茶屋とは、一九〇二年に起きた八甲田山雪中行軍遭難事件の生還者である後藤伍長の銅像近くにある休憩所で、観光シーズンともなれば多くの観光客がここに立ち寄り、食事をとったり、みやげ物を購入したりと休憩をとっていく。しかし、さすがにこんな夜遅くともなるとあたり一面は暗闇に包まれ、人の気配もない。

不気味な夜の暗闇におびえた彼女は、彼氏にトイレの前までついてきて、そこで用を足し終わるまで待っていてほしいと頼み込んできた。

外は寒かったので、彼はなるべくなら車にいたいと思ったのだが、彼女はどうも本気で怖がっているようである。そこで彼は、彼女が出てくるまでトイレの外で絶対に待っているよと約束した。

彼女がトイレに入り、しばらくしてからのことだ。

男が一人、所在なげにタバコの煙をくゆらせていると、どこからか、ザッ、ザッ、ザッという怪しい音が聞こえてきた。

音は時間がたつにつれ、だんだんと大きくなってくる。まるで大勢の人たちが、こちらに近づいてきているかのようだ。

そのうち、暗闇の中からぼんやりと、たくさんの人影が浮かびあがった。

彼らはみなボロボロの旧日本軍の軍服を身にまとい、ザッ、ザッと軍靴を響かせながら、ゆっくりと男のほうに近づいてくる。

パニックに陥った男はその場から逃げ出し、車に飛び乗ると彼女のことも忘れ、一目散にふもとの町まで逃げ帰った。

……翌朝。男が問題のトイレに引き返してみると、彼女はまだそこに座っていた。いったいそこでなにがあったのか、彼女の目はうつろで、髪は一夜にして真っ白になっていたという。

その後、彼女は精神病院に入院したが回復することはなく、数年後には亡くなってしまったそうだ。

解説

通常、都市伝説というものは「そう遠くないどこか」で起きた出来事と、漠然とした状況設定で語られており、あまり特定の場所とは結びつきません。しかし、この話は、舞台となる場所はほとんどの場合で銅像茶屋とされており、それ以外の場所が舞台となるケースでも、八甲田山中に限られています。これは一読してわかるように、この話が八甲田山の雪中行軍の悲劇と強く結びついたものだからでしょう。

二〇〇三年にミリオン出版から発行されたムック本『不思議ナックルズ』では、ライターの上原善広氏がこの伝説の真偽を確かめるために現地で調査を行っています。現地では、みな噂としてはこの話を知っているものの、警察や話の中で入院したと噂される病院では事実関係を否定され、具体的な事実はなにも出てこなかったそうです。

第55夜

鳥の脚

韓国のある大学で、生物学の試験が行われた。試験の内容は鳥の脚の写真を見て、それぞれがなんという種類の鳥かを当てるというものだ。

この問題文を読んだある学生が、教授に向かってくってかかった。

「なんです、この問題は。馬鹿げている。こんなのわかりっこありませんよ」

「ちゃんと勉強をしていればわかるはずだ。さあ、席に戻りたまえ」

教授は冷たく言い返す。すると興奮した学生は、手に持った答案用紙をくしゃくしゃに丸めて床に投げ捨てたのだ。

「なんだね、その態度は！　君みたいな学生は落第だ。さあ、名前を言いなさい」

教授の怒りの言葉に、彼は自分のズボンの裾を膝まで捲り上げると、こう言い返した。

「さあ、この足を見て当ててくださいよ、教授」

解説

この話はお隣の国である韓国で語られている都市伝説ですが、同種の話はアメリカにも存在しています。アメリカにはこの手の教授と学生の攻防を語った都市伝説が非常に多くありますので、あるいはこの話も、アメリカから韓国に入ってきたものなのかもしれません。

なお、こういった教授対学生の話には、次のようなものもあります。

ある大学で筆記試験が行われたときのこと、試験終了の合図があったのに、まだ答案を書き続けている学生がいた。試験官の教授はそれ見咎め、学生にその解答用紙は受け取れないということを告げた。腹を立てた学生は、教授にこうくってかかった。

「俺が誰だかわかっているのか?」

「いや、知らないね」

教授は冷たく答えた。すると学生はしめたとばかりに自分の解答用紙を提出済みの解答用紙の山に混ぜ、すばやく教室をあとにした。

第56夜 抜き打ち試験

アメリカのある大学に、抜き打ち試験を行うのが好きな教授がいた。彼はいつも思いがけないタイミングで試験を仕かけては、学生たちを困らせている。

ある日のこと、学生たちは次の試験がいつなのかを教授に尋ねた。すると、彼はとぼけた顔でこう答えた。「そうだな、次の試験は私が教室の戸口まで、トランザム（スポーツカーの一種）で乗りつけてきた日に行うよ」

これを聞いて学生たちは喜んだ。教授は今学期はもう試験を行わないということを、冗談めかして告げたのだと考えたからだ。

ところが、それから数日後。学生たちが集まる教室に、突如すさまじい轟音《ごうおん》が鳴り響いた。何事かと騒ぐ学生たちの目に飛び込んできたのは、教室の戸口の前に無理やり乗りつけてきたトランザムである。

そのトランザムのドアが開くと、中には例の教授の姿があった。彼はトランザムから降り立つと、呆気《あっけ》にとられる学生たちに向かい、ニヤニヤと笑いながらこう告げた。

「さあ、今から試験をはじめるぞ！」

解説

これもまたアメリカに伝わる、教授と学生の攻防を語った伝説の一つです。先の話では学生に軍配が上がり、教授はやり込められるばかりでしたが、この話では逆に教授がアクロバティックな運転技術を駆使することで学生たちに勝利を収めています。この教授の神業を説明するために、教授は元サーカスの出身であると解説されることもありますが、サーカスから大学教授へという経歴がアメリカで一般的なものであるのかどうかはわかりません。

日本の大学にもこういった教授対学生の伝説はいくつかあり、例えば「カレーライスの作り方」などが有名です。これはある学生が論述試験で「カレーライスの作り方」を書いて提出したところ、なぜか単位をもらうことができたという話で、他の学生がそれを聞いてまねしたところ不合格となり、なぜかと教授に抗議すると、「君のカレーライスにはじゃがいもが入っていなかったからだ」と言われるというオチがつきます。

第57夜

フー、アー、ユー？

二〇〇〇年七月に開催された沖縄サミットでのことだ。

来日したクリントン大統領を出迎えた森総理（いずれも当時）は、本来「ハウ、アー、ユー？（お元気ですか？）」と挨拶すべきところで、誤って
「フー、アー、ユー？（あなたは誰ですか？）」

と言ってしまった。

面食らったクリントン大統領だが、これをジョークと受けとめて

「アイ、アム、ヒラリーズ、ハズバンド（私はヒラリーの夫です）」

と切り返した。

しかし、英語のわからない森総理は自分の犯したミスに気づかず、何事もなかったかのように、そのまま定められた挨拶を返してしまったのだ。

「ミー、トゥー（私もです）」

解説

この話は沖縄サミットではなく、二〇〇〇年五月に行われた日米首脳会談での出来事だとするバージョンもあります。これは当時、週刊誌などでも報じられた有名な「事件」ですが、じつはこの話の出所はまったくわかっていません。国際政治学者で参議院議員である舛添要一氏は、この話を聞きつけたときにすぐに外務省北米課に事実関係の確認を行ったのですが、「そのような事実はない」という回答を受け取ったそうです。また、沖縄サミット以前から存在する話なのに、沖縄サミットでの出来事として報じられていたことも不自然です。

じつは当時、これと同種のジョークはアメリカでも流行っていました。このジョークでは「フー、アー、ユー?」と問いかけた人物は森総理ではなく、韓国の大統領であるとされていたこともあるようです。おそらくはこのジョークが日本にも伝わり、森総理のキャラクターにあまりにもマッチした話であったため、都市伝説化してしまったのでしょう。

第58夜 武富士の秘密

あなたは消費者金融、武富士のＣＭを覚えているだろうか。

古くはレオタード姿の女性たち、最近では黒いパンツ姿の女性たちが音楽に合わせて踊りまくっている例のやつだ。

一見、あのＣＭは製作の意図がよくわからないように思える。

だが、あのＣＭには、深い意味と重大な秘密が隠されているのだ。

じつは、あのＣＭに出演している女性たちは、みな武富士で借りた借金が返済できず、借金のカタに無理やりＣＭに引っ張り出された女性たちなのである。

なぜ武富士がそのようなＣＭを作るのかというと、ＣＭを見た人に「金を返さないと、恥ずかしいかっこうで踊らさせるぞ」というメッセージを伝えるためなのだ。

あなたも彼女たちのようになりたくないのなら、どうかこの言葉を胸に刻み込んでほしい。

ご利用は計画的に。

解説

いうまでもなく、この話は事実無根の噂に過ぎません。かつて「ハリガネロック」というお笑い芸人がこの話をネタにしていたそうなので、あるいは、それがこの噂のルーツなのかもしれません。

ＣＭに出演していた女性たちはプロのダンサーで、メンバーを決めるに当たってはオーディションが開かれていました。オーディションには毎回多数の応募があったそうで、一九九八年に行われた一回目のメンバーチェンジのときには百五十人、二〇〇〇年の二回目のメンバーチェンジのときには二百人ものダンサーがＣＭ出演をめざして集いました。

無理やり踊らされるどころか、あのダンスを進んで踊りたいという人が日本には大勢いたのです。

第59夜 ディズニーの遺体

偉大なるアニメーター、ウォルト・ディズニーの死が公表されたのは一九六六年の十二月十六日のことだ。死因は伏せられていた。

葬儀は十六日の夜に身内だけで執り行われたため、身内以外には誰もウォルトの遺体を確認したものはいない。ウォルトの墓の場所も公表されておらず、彼の死、特にその遺体をめぐってはきわめて謎が多い。

ウォルトの死の二年前に、アメリカではＳＦ的とも思える、ある画期的なアイディアが注目を集めはじめていた。

それは冷凍睡眠である。

これは不治の病を患った患者の肉体を冷凍保存し、冬眠状態にして生きながらえさせるというもので、将来の医学の発展により病が治療できるようになるのを待つための措置である。

一九三一年に神経衰弱を患ったあと、生涯にわたり極度に死を恐れるようになっていたウォルトは、これに強い興味を示していたといわれている。

世界で最初に冷凍保存された人物はカリフォルニア州グレンデールの心理学者、ジェイムズ・ベッドフォードであるが、彼が冷凍睡眠についたのはディズニーの死の一か月後であった。

つまり、ウォルトが死の床にあったときには、すでに冷凍睡眠は技術的に可能な段階に入っていたのだ。

噂ではウォルトは死の直前に、秘密裏に冷凍装置の中で眠りについたといわれている。それは米カリフォルニア州にあるディズニーランドのアトラクション、「カリブの海賊」の地下深くで、ウォルトは蘇生《そせい》の時を待ちながら眠り続けているという。

解説

ウィリアム・パウンドストーンの『大秘密』によると、ウォルト・ディズニーの死亡診断書には一九六六年十二月十七日に、グレンデールのフォレスト・ローン墓地で遺体を火葬にしたということがはっきりと記されているそうで、このことだけでもこの話が単なる噂に過ぎないということがわかります。

ただし、ディズニーが極度に死を恐れていたというのは本当です。その原因は、ある占い師から早死にすると告げられたせいだといわれています。

晩年のディズニーは他人の葬儀に参列することをひどく嫌がり、「死」と関わりのあることすべてを極力避けるようにしていました。こういったディズニーの死への恐れは、ディズニーの娘であるダイアン・ディズニー・ミラーらが著書にも記している有名な逸話です。こうしたディズニーの死への態度が広く知れ渡っていたがゆえに、このような伝説が生まれてしまったのでしょう。

第60夜

美容室の男

ある日の夜、閉店間際の、とある美容室でのことだ。

その日はもうお客さんは一人も残っておらず、先輩たちはみな奥に引きあげてしまったため、残された若い新米の女性美容師が一人で時間をもてあましていた。

するとそのとき、入り口の扉が開き、お客さんが入ってきた。メガネをかけ、長い髪を伸ばしっぱなしにした、どことなく陰気そうな男である。男はうつむきかげんで彼女に案内されるまま、美容室のシートに腰をかけた。

彼女はこの狭い店内で、この陰気な男の客と二人きりになることに、なにか〝嫌な予感〟のようなものを感じた。だが、そんなあやふやな理由で奥にいる先輩に代わってもらうわけにもいかない。彼女はなるべく早く仕事を済まそうと、男の肩から白いシーツをかけ、はさみを取りにいった。

ところが、である。

彼女がはさみを持ち、ふと座っている客のほうを見てみると、男は肩からかけられたシーツの下のちょうど股間のあたりで、なにやらもぞもぞと手を動かしている。男は自分の行為に夢中で、彼女の視線には気づいていない様子である。

まちがいない、この男は変質者だ。

このまま男の側にいたら、なにをされるかわからない。彼女はおびえながら、男に気づかれないようにそうっと歩き、奥にいる先輩たちのもとへ向かった。

彼女の話を聞くと、体格のよい男性の先輩が、問題の客のもとへ一緒にいってくれることになった。

客は相変わらずシーツの下で手を激しく動かしている。

彼女は先輩と二人で男を取り囲むと、厳しい口調でこう詰め寄った。

「ちょっと、お客さん。いったいなにをしているんですか！」

その声と同時に、先輩の美容師が男にかけられていたシーツを払いのけた。
すると、シーツの下の男の手は……ハンカチでメガネを拭いていた。

解説

この話の類話はアメリカやイギリス、オーストラリアなどにも存在しています。アメリカの話では、女性美容師は店に一人でいたため、男の頭を後ろからシャンプーのボトルやドライヤーなどで強打し、気絶させるというより過激な展開になることが多く、そのためか最後に男が美容室に対して訴訟を起こしたというところで話が終わることもあるのですが、このあたりの感覚はいかにもアメリカ的といえるかもしれません。

また、宇佐和通氏の著書『あなたの隣の「怖い噂」』によると、この話には旅客機を舞台とした類話もあるそうです。そこでは、毛布の下でカメラをいじっていた乗客が、客室乗務員のカンちがいを誘う被害者となります。

第61夜　六倍になる器官

ある大学での授業中の出来事だ。講義をしていた教授がボーっとしていた女子生徒に向かい、こんな問題を出した。

「ある条件下において、大きさが通常の六倍になる人体の器官を挙げなさい。また、その時の条件もいってください」

彼女はどぎまぎしながら立ち上がると、顔を真っ赤にしてこう教授に抗議した。

「教授、これはセクハラではないのですか。このことは学校に報告します」

すると教授は涼しい顔で別の学生を指名し、同じ問題を出した。

「それは瞳です」新たに指名された学生は、落ち着いた様子でそう答えた。

「目の中の瞳は、暗いところでは通常の六倍の大きさになります」

教授はこの答えに満足した様子を見せると、最初の女子学生に向かいこういった。

「あなたには三つ忠告することがあります。一つ、授業は真面目に受けなさい。二つ、あなたの心は汚《けが》れています。三つ、六倍になるなんて思っていたら、いつの日か本当にがっかりする日が来ますよ」

解説

最後の部分で教授の一言に教室内がざわめきはじめ、生徒の一人が「教授のはならないのですか？」と質問する、というオチになっている話もあります。

この話はもともと昔からあるもので、海外にも類話は存在していますが、日本で特に広まりはじめたのはこの話がネット・ロア化した二〇〇三年ごろからです。

ネット・ロアとは翻訳家で口承文芸研究家である池田香代子氏の造語で、チェーンメールやネット上の掲示板などに投稿されることによって広まる都市伝説や民話を指すものです。この話の場合も、いわゆる「笑える話」としてさまざまな場所で取り上げられ、それを読んだ人がまた別の場所で紹介するという形で急速に広まっていきました。こうしたネットによる拡散という現象は、近年の都市伝説に多く見られる特徴の一つとなっています。

第62夜 コンドームの使用法

急激な人口の増加に悩むアフリカの山間部で、日本人のボランティア団体によるコンドームの配布が行われた。

しかし、コンドームはこのあたりでは珍しいものだったので、彼らはみな使い方がよくわからない様子である。また、このあたりの地域は教育水準が低いため、本やパンフレットなどを配布しても、文字が読めないためにコンドームの使用方法は伝わらない。

そこでボランティア団体の職員は村人たちを集め、コンドームの使い方の説明をすることにした。

もちろん、実演するというわけにはいかないので、職員は指にコンドームをはめて、身振り手振りを交えながら説明をする。村人たちはこれに納得したようで、コンドームを受け取ると自分たちの家に帰っていった。

ところが、こうしたボランティアの努力にもかかわらず、その後もこの村では人口増加の勢いはまったく衰えなかった。なぜなら、村人たちは教わったとおり指にコンドームをはめてセックスをしたからである。

解説

　これはボランティア団体などに根強く浸透している話で、他に東南アジアの諸国を舞台とした類話なども存在しています。

　海外の発展途上地域などでボランティア団体がコンドームを配布する場合、事前に〝指にはめる〟などして使用方法を説明するということは実際に行われています。ですから、こういったカンちがいも起こりうることではあるのですが、アフリカ奥地や東南アジアなどのいくつもの地域で失敗例があるとして、説明の方法にまったく改良が加えられていないというのも不自然な話ですし、たいていの場合は「こんなことがあったらしい」という伝聞形式で語られていますから、やはりこの話も伝説の一種なのでしょう。

第63夜 筑波ロボ

茨城県つくば市の中核である筑波研究学園都市は、行政の主導によって学術都市として建設された人工的な街である。

しかし、噂ではこの街は単なる学術都市ではなく、首都東京が攻撃を受けた際に臨時の首都として機能させるための性格も持たされているといわれている。

たしかに筑波は陸自の霞ヶ浦駐屯地や空自の百里基地などにも近く、防衛に適しているし、国の研究機関が整っているので、戦時下での兵器開発や暗号解読などもやりやすい。筑波研究学園都市構想が冷戦時代に生まれたことを考えると、この噂もあながちウソとは決めつけられないだろう。

そのため、研究学園都市の中核にある筑波大学もまた、こういった有事に備えた機能を持たされている。

とはいっても、それは有事に備えての軍事技術の研究といった類のことではない。秘密が隠されているのは、筑波大学の校舎自体だ。


筑波大学の校舎は、第一学群から第三学群までの、他の大学でいうところの学部によっていくつかの建物に分かれている。そしてこの校舎は、ひとたび有事が起これば突然動き出し、一箇所に集結する。さらに、集まった校舎は合体・変形をはじめ、なんと全長数十メートルの巨大ロボットとなり、臨時の首都となる研究学園都市を外敵から防衛するのである。

また、筑波大学のすぐ近くにある松見公園には、通称・栓抜き塔と呼ばれる栓抜きのような形をした奇妙な展望塔が建っているのだが、これもじつは巨大筑波ロボ用の武器なのである。

有事の際には、筑波ロボはこの栓抜き塔を地面から引き抜いて剣のように使い、日本本土に進行して来た敵の軍隊を叩きのめすのだ。

筑波大学でロボット工学の研究が盛んに行われているのも、おそらくは筑波ロボのメンテナンスや、パワーアップをはかるためなのであろう。

日本本土を守る最後の砦、それが筑波大学なのである。

解説

筑波大学周辺で語られているジョーク系の伝説がこの「筑波ロボ」です。筑波大学は拙著『怖すぎる話』で紹介した「星を見る少女」や「ランニング幽霊」といった都市伝説の発祥の地で、他にも人面犬はじつは筑波大学での遺伝子操作で生み出されたのだといったような話もあり、一風変わった噂が非常に多いのですが、その中でもこの噂は特に奇抜なものであるといえるでしょう。

話によると、一九八〇年代初めごろに東海大学のアニメ研究会の製作したショートアニメに、東海大学の校舎が合体して巨大ロボットになるというものがあったそうです。あるいはこのアニメがそもそもの元ネタで、それが先端のロボット工学研究などでも知られている筑波大学の話にすりかわっていったのかもしれません。

第64夜

カブトムシの電池

都会暮らしのある一家の父親が、デパートで売っていたカブトムシを我が子に買い与えた。

都会で暮らすこの子には、自然と触れ合う機会があまりない。だから、このカブトムシを通じて自然や生き物とのふれあいを学んでもらおうと考えたのである。

少年はカブトムシをとてもかわいがり、一日中でも見つめていた。その様子を見て、父親は大いに満足した。我が子が自分の思惑どおりに、生き物とのふれあいを楽しんでくれていると考えたからだ。ところが、彼の予想よりもこの問題の根は深かった。

それから数日後、少年は父親の前にぴくりとも動かなくなったカブトムシを持ってきた。どうやら、死んでしまったようだ。ところが、カブトムシをあれほど可愛がっていたはずの少年は、なぜかまったく悲しそうなそぶりを見せていない。

その様子を不審がる父親に向かい、少年はあっさりとこういった。

「パパ、カブトムシの電池を交換してよ」

少年はカブトムシを、単なるおもちゃだと思っていたのである。

解説

最近の子どもは自然を知らないとか、命の尊厳をわかっておらず死が取り返しのつかないものという認識がないなどといった文脈で〝いまどきの子どもたち〟を批判するときに、実例として持ち出されるのがこの話です。しかし、こういった種類の批判は別に今の子どもたちだけが受けているものではなく、日本が高度成長を遂げたあたりの時代からずっと〝いまどきの子どもたち〟に向けて繰り返されてきた批判です。その証拠に、この話は1980年代にはすでに存在していました。私が子どもの時分にも、同じような文脈でこの話が持ち出されるのを耳にしたことがあります。

年長者からの「最近の子どもは……」とか「最近の若者は……」といった批判は、いつの時代にも存在しています。この話はそういった批判を行うのに都合がよい話であるために、たびたび「最近の出来事」として持ち出されているのでしょう。

第65夜 夢日記

ある女性がほんのちょっとした思いつきから、自分の見た夢の内容を夢日記につけることにした。彼女はまめな性格であったため、一日も休むことなく、自分の見た夢の内容をきちんと記録していった。

ところが、そんな生活が一か月ほど続いたあたりから、彼女は日常生活に支障をきたすような混乱を味わうことになった。

夢日記をつけるためには、夢の記憶をなるべく鮮明に思い出す必要がある。

ところが、彼女はこの作業に慣れすぎて、まるで現実のように鮮明に夢を思い出せるようになってしまった。そのため、彼女は現実の記憶と鮮やか過ぎる夢の記憶との区別がつかなくなってしまったのである。

そのうち彼女の症状はさらにひどくなり、今いる場所が現実なのか、夢の中なのかの区別がつかなくなってしまった。

彼女は現在、精神病院に入院して専門的な治療を受けている。

夢日記をつけることで、このように発狂してしまう人がときどきいるらしい。

解説

夢日記をつけることでそこから夢分析を行うというのはフロイトやユングらがはじめたことで、両者の流れを汲む心理療法においては今でもごく普通に行われているものです。この程度のことで人が発狂するのであれば、フロイト派やユング派の臨床医は新たな患者を量産していることになってしまいますが、実際にそのような臨床例があるという話は聞きませんので、やはりこの話は単なる伝説とみるべきでしょう。

夢日記や夢分析というジャンルにおいて、後世にもっとも強い影響を与えたのはユングの分析心理学です。しかし、この分析心理学というのは神秘主義的な要素が強く、オカルトに分類されることすらある疑似科学的な部分をもった学問体系です。夢日記に人を発狂させる力があるという、夢日記を必要以上に神秘的なものと考えるこの伝説は、夢日記が神秘的要素の強いユング派の学問体系と強く結びついているからこそ生まれたものなのかもしれません。

第66夜

携帯電話自然発火

一九九九年ごろ、インドネシアのあるガソリンスタンドで、恐ろしい事故が起きた。事故の原因となったのは、携帯電話である。

よく晴れたある日のこと、一台の車がガソリンスタンドにやってきた。客の求めに応じ、店員は給油をはじめる。いつもと変わりのない、平和な光景だ。

ところがそのとき、給油中の客の携帯電話に着信が入った。すると次の瞬間、スタンドのガソリンタンクが突然爆発を起こし、あたり一面は一瞬のうちに炎に包まれてしまったのだ。

携帯電話は着信の瞬間に、内部の電子デバイスからわずかな電流を発する。この電流が給油中のガソリンに引火し、このような大惨事になってしまったのである。

この事故以降、世界中のガソリンスタンドでは、携帯電話使用禁止の動きが広まった。日本のガソリンスタンドに、「携帯電話使用禁止」の張り紙やステッカーが張られているのも、このような理由があるからなのである。

解説

一九九九年ごろに、このインドネシアで起きた爆発事故の話が世界中に広まり、日本のガソリンスタンドでも携帯電話の使用を禁止するようになったというのは本当です。しかし、このインドネシアの爆発事故の話はチェーンメールなどによって広まった情報で、そもそもの話の出所については誰もわかっていません。アメリカの石油設備協会の広報担当者であるロバート・レンクス氏は、「人類史上、携帯電話が火災の原因になった例はまだ発見されていない」としてこの噂を明確に否定しています。

なお、着信時の火花が云々というのはともかくとして、たまたま周囲に気化したガソリンがあった場合、携帯電話のバッテリーから出た火花がそれに引火して爆発を起こすという可能性はゼロではないそうで、そのために一部の携帯電話の説明書にはガソリンスタンドでは電源を切るようにという注意書きがなされています。ただし、これはあくまで可能性がゼロではないというだけのことで、専門家によると、実際にはそのような事故はまず起こらないだろうとのことです。

エピローグ　じゅんいち君道路

神奈川県秦野《はたの》市、国道二四六号線の善波《ぜんば》峠付近は、かつて「じゅんいち君道路」と呼ばれていた。

噂によると、昔、この道路で「じゅんいち」という名前の子どもが事故にあい死んでしまったらしい。ところが、それからこの道路では奇妙な事故が続出するようになった。なぜか「じゅんいち」という名前の人物が、立て続けに事故にあうようになったのである。

ある日のこと。

「じゅんじ」という名前の青年が車でこの道路を走っていると、不意に横から視線のようなものを感じた。

不思議に思い、ふと男が窓の外に顔を向けてみると、なんとそこには小さな男の子がいて、男の顔をじっとのぞき込んでいるではないか。

車はかなりスピードを出している。人間が、それも小さな男の子が並んで走ることなど不可能なはずだ。

恐怖に震える男に向かい、その男の子は悔《くや》しそうに、こうつぶやいた。

「なんだ『じゅんじ』か。せっかく友だちが増えると思ったのに……」

その後も、この道路では、小さな男の子の幽霊が何度も目撃されるようになった。

そこで、男の子の霊を供養する意味も込めて、「もう死なないで　じゅんいち」という看板が掲げられることになった。

この看板が立てられて以後、「じゅんいち」という名の人が事故にあうことはなくなったそうだ。

＊＊＊

国道二四六号線の善波峠付近に、かつて「もう死なないで　準一」という看板が掲げられていたのは事実です。ただしこれは一九六五年九月二日にこの場所で事故にあい亡くなった準一君という少年の父親が、これ以上、同じような事故で死者が出ないでほしいという願いを込めて立てたものであり、複数の「じゅんいち君」が事故にあったなどという事実はありません。

しかし、それにしてもなぜいるはずもない「小さな子どもの霊」の噂が生まれ、それが広まっていったのでしょうか。

この謎を解く鍵は、やはり例の看板にありそうです。

この「もう死なないで　準一」という看板は、準一君がドライバーたちに安全運転を呼びかけているものです。

これはもちろん、「もうこれ以上、準一のようには事故で死なないで」という願いが込められた言葉なのでしょうが、文法的には「じゅんいち」という名前の人物がこれ以上死なないで、とも読めます。

ここから「じゅんいちという名の人物が立て続けに事故にあっている」というような勝手なストーリーが生み出されたのでしょう。

また、善波峠は人通りも少ないうえに、心霊スポットとして名高い善波トンネルの近くにあります。このような立地条件も幽霊の噂に拍車をかけたのかもしれません。

善波峠で痛ましい事故が起こり、準一という名の少年が貴重な命を落としたのは事実です。ところが、その事実から生み出された噂は、事実とはまったく無縁な物語になっているのです。

これこそが、都市伝説が生まれる瞬間です。

都市伝説において問題とされるのは、実際になにが起きたのかではなく、話の語り手たる私たち自身が、そこにどんな魅力を感じるか、なのです。

私たちは、事実や虚構の中から自分の好みの部分だけを選び、ときに脚色を加えながら噂を生み、広めていきます。

噂の語り手たる私たち自身が、都市伝説という物語をつむぎだしているのです。

私たちに、この物語への欲求がある限り、都市伝説に終わりはありません。

◎本書は２００４年６月に小社より発行された
『壁女』を再構成、改題し文庫化したものです。

文庫ぎんが堂

怖すぎる都市伝説

2013年4月10日　第1刷発行

著者　松山ひろし

ブックデザイン　タカハシデザイン室

本文デザイン　田中康子（株式会社クリエイティブ・マインド）

発行人　本田道生

発行所　株式会社イースト・プレス
〒101-0051　東京都千代田区神田神保町2-4-7　久月神田ビル8F
TEL　03-5213-4700　FAX　03-5213-4701
http://www.eastpress.co.jp/

印刷所　中央精版印刷株式会社

ISBN978-4-7816-7088-1

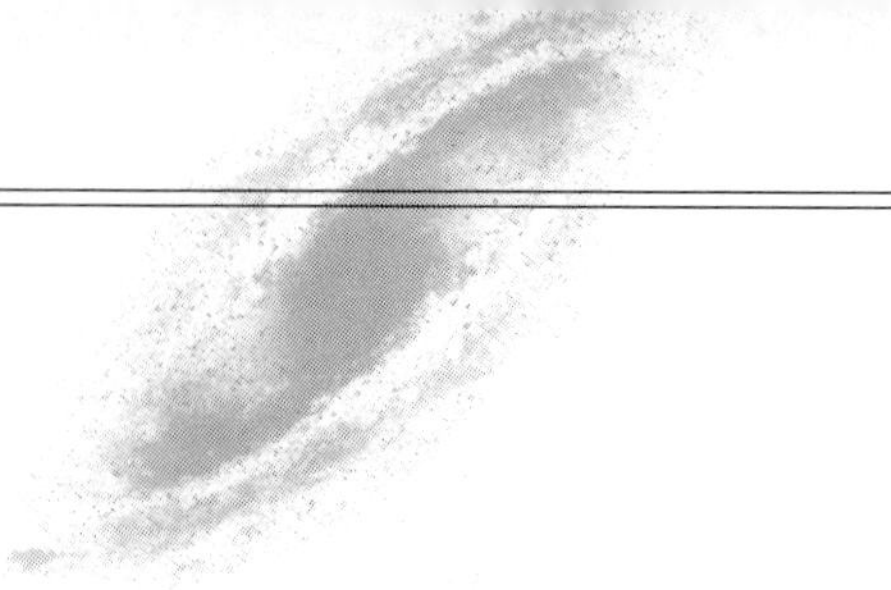

文庫ぎんが堂　創刊の言葉

——読者の皆様へ

夜空に輝く金と銀の星たち。その一つひとつが、それぞれの個性で輝き続ける。どの星も創造的で魅力的。小さいけれど、たくさん集まれば、人びとの頭上にきらめく銀河の悠久の流れになるのではないか。

そんな夢想を現実化しようと「文庫ぎんが堂」の創刊に踏み切りました。読者のみなさんの手元で輝き続ける星たちを、そして、すべての方の人生に新たな光を与える書籍を刊行していきたいと願っております。

——出版社および著者の方へ

「文庫ぎんが堂」は、イースト・プレスの自社刊行物にとどまらず、読者評価の高い優れた書籍ならすべて、出版権者、著作権者の方たちとの共同事業方式による文庫化を目指します。私たちは「オープン文庫」とでも呼ぶべきこの新しい刊行方式によって出版界の活性化に貢献しようと決意しています。

ご遠慮なくお問い合わせくだされば幸いです。

イースト・プレス代表　小林 茂